娘とわたしの戦争

著者の序　＊　永遠に進行形

『琢玉記』の日本語版が日本の白帝社から出版されることは、私の創作生涯において、一大事であり、大変嬉しいことでもあります。白帝社は主に教材や辞典などを出版していますが、今回『琢玉記』のような中国ノンフィクション文学の作品に道を開いてくださいました。教育に対する考えの広さと深さを、心から尊敬いたします。

『琢玉記』に書いたのは、私と子供の間の、ごく普通で、しかもこまごまとした煩わしい日常生活の話ばかり。変化に富んだストーリーがある訳でもなく、読者を大喜びさせるような事件もなく、涙を流させるような悲劇もありません。

我が家はごく伝統的な中国の家庭です。夫は日本の大学で教鞭を執り、私は娘、舅と一緒に中国の西安で生活していました。日々は平穏かつ無欲でした。しかし、平穏な生活の中にも、無変化の日々にも、風雨が潜んでいて、暗流がこっそりうごめいているものです。四方山のこと、燃料、食糧、油、塩などの生活に欠かせない備品のこと、それからいろいろなささいな事にいつも振り回されます。人は我慢できず、困り果て、そして仕方がなく諦めるのです。

中国は「一人っ子政策」を実施しており、私と夫は子育てにおいて、永遠に「誤りを直す」機会がなく、永遠に進行形です。私たちは青年から中年、また中年から老年へと邁進しています。子供も赤ちゃんから少年、青年へ……互いに試行錯誤しながら前進しています。私たちは生活の中で子育ての経験を重ね、子供は成長の過程で自分の親にどう対応するかを身につけます。ところが、ここに九十何歳かのお爺さんが入ると、家族の関係が更に微妙で、ややこしくなってしまいます。

ふりかえって見ると、道は真っ直ぐではありませんでした。上がったり下がったり、曲がりくねったりして、障害が次から次へと現れ……これは子育てにおける親の心の過程であり、また、子供が成長する足跡でもあります。這ったり転がったり、おんぶしたり、抱っこをしたりして、なんとか歩んで来たのです。娘は成長し、今は山口大学の大学院生です。もちろん、新たな問題も出てきましたが……。

娘は顧大玉《こたいぎょく》といいます。中国には「玉は磨かないと器にはならない」ということばがあります。娘が生まれてから、私はすぐさま彼女を「玉」として磨いてきました。娘には将来、知識豊富で、判断力があり、自力で生活できる人間になってほしいと願いました。けれども、物事は私が設計したレールの上を運行しませんでした。思い通りに行かないことや、突飛な事件が当たり前になりました。自分にもし第二子、第三子がいれば、これをお手本にすることもできたと思いますが……。とにかく、第一子の前に、私は探索者であり、母親として失敗の連続でした。子育てはどの時代でも大事なことです。成功も失敗も心の中では分かります。幸い私は作家であり、自分の筆で、自分の考え、困惑、成功、失敗などの真実を記録しておき、教育理論家に資料を提供できるのです。

『琢玉記』は出版社から依頼を受けて書いた本です。本を書いている途中、ちょっと用事があって、パソコンを離れた隙に、娘に読まれてしまいました。娘は私の同意を得ず、勝手に原稿の間に自分の意見を打ち込みました。私たち親子は当然けんかになりました。出版社の編集部にまでそのけんかを持ち込みました。すると、編集部の責任者は「それでいいです。そのままでも悪くありません」と言ったのです。更に、夫は「教育家」を気取って、四十年の教育者の仕事を自慢し、高い所からの発言権を振りかざし、各章の最後に「指導教授」の批評を付け加えて、母と娘の「戦争」を余計に白熱化させました。

これが家です。正に中国人が言うところの「暮らし」です。

『琢玉記』は中国で出版されてから、お陰様で、大勢の読者に愛読され、次々と再版されました。私も多くの読者から手紙やお電話をいただきました。その中には、母親もいれば、子供もいるし、中国人も、外国人もいます。フランスのトナイサというご婦人からの手紙には「私はちょうどあなたの『琢玉記』を読んでいます。私も娘と戦争中です」と書いてありました。

二〇〇一年、私は夫に会うために広島に行った時、この本を広島の友人郭春貴教授に差し上げました。郭先生は三人娘の父親で、一番上のお嬢さんは当時の顧大玉と同じ年齢で、「中途半端」な状態にありました。私たちが直面している問題に似ていて、辛さや困惑も私たちと同じように感じておられるようでした。先生はお読みになった後、「とても典型的な中国人の子育てですね。この本を日本人の読者に紹介してみたい。『琢玉記』はきっと日本の親子の中に親友を見つけると思います」と言ってくれました。

ここで、郭春貴先生と久美子夫人に感謝の意を表したいと思います。

世の中の親の感覚はそれぞれだと思いますが、子供に対する愛は同じだと信じています。中国にしろ、日本にしろ、全ての子供の心境にはいろいろ差があるでしょうが、暖かさと幸福に対する憧れは同じです。日本でも中国でも、親と子供は一緒に、人生の道を歩んでいく。これは私たちが大切にしなければならない縁であり、永遠に切っても切られても離れない親子の愛情だと思います。

この本を通じて、私は世の中の親子にコミュニケーションを求めています。この本の最初に言ったように……「私は読者のみなさんと昔からの友人のように、お茶を入れて、ゆっくりと味わって、互いに家の中の楽しいことや悲しいことを、喜びや困惑などをおしゃべりしたい。必要な時には涙を流し……私は皆さんから慰めていただきたい。批判や指導や助けをいただきたい」と思っています。

葉広芩

二〇〇三年十二月

娘とわたしの戦争　目次

1 水中と屋根 5
2 初めて人として 35
3 子育ては大変 67
4 うそ八百 99
5 東方の魔女 129

6 孫との戦い 163
7 少年少女 199
8 大学受験変奏曲 235
*
訳者あとがき 267

1

水中と屋根

この本は「玉を磨く」話である。この「玉」は本物の工芸品の「玉」ではなく、わが娘の顧大玉《こたいぎょく》のことである。娘を「磨く」話である。「磨く」という言葉は適当とはいえないが、なかなかこれに代わる言葉を思いつかなかった。作家でも言葉に窮することもあるものだ。自分の家のことについて話そうとすると、いつも舌足らずで、偏り、感情的になりやすい。読者の皆様に、ご理解、お許しをいただければ幸いである。この本を書くのに、特別な意図はない。ただ読者の皆様を旧くからの友人と思い、熱いお茶を入れて、ゆっくり味わいながらおしゃべりをするように、家庭内の喜びや悲しみについて語ろうと思う。時には涙を拭くときもある。私は皆様から慰めをいただき、批判し、指導し、助けていただきたいと切に願う。

「玉を磨くこと」について語る前に、私個人のことを話してみたい。

我が家には、七人兄弟と七人姉妹がいて、私は姉妹の上から六番め、従って、あまり大事にされなかった。子供の頃、清明節に父と北の東直門外の墓地へ墓参りに行った。

父は墓の一つ一つを指差して言った。「これはご先祖様だ。額を地面につけて拝礼しなさい」「これはおじいちゃんだ。拝礼しなさい」「これはおばあちゃんの妹だ。拝礼しなさい」「これはお前の一番めのお母さんだ。拝礼しなさい」「これは二番めのお母さんだ。拝礼しなさい」……そのあと、三つの墓を指差して言った。「これはお前の一番上のお兄さんと、二人のお姉さんだ。拝礼しなくてもいいから、ちょっと土を撒いてあげなさい」。

私は会ったことのない兄と姉に土を撒いた。三人ともみんな父の子だ。一番めの兄葉《よう》広厚《こうこう》と二番めの姉葉広芝《ようこうし》は一九三六年、同時に「のどがおかしくなって」、すなわちジフテリアで死んだ。その時、兄はもう二十歳の青年だった。もう一つの墓は私のすぐ上の姉葉広蕙《ようこうけい》のだ。彼女は私より三つ上だった。三人ともこんなに早くここに集まったということだ。父はこれらの墓を見て、どんな気持ちだったろう。たいそう辛かったことだろう。私は父に尋ねた。

「私も死んだら、小さな土の山になってみんなと押し合いをするの？」

「そんなことはないよ。お前はよその家の土地に埋めるよ」

「いやだ。私は絶対に他人の土地には行かない。私も兄や姉と押し合いをする」

「この子はまた変なことを言う」と父は言った。

その後、北京郊外のこの祖先の墓地は、更地にされ、高いビルが建った。祖先のお骨は一つも残らず、押し合っていた兄姉たちも行方不明だ。父だけが香山[2]の墓地で、静かに私たちの生き方や喜怒哀楽を見守っている。

その頃、父は父の兄、私たちの三番めの伯父と一緒に、北京東城の凝ったつくりの静かな四合院[3]に住んでいた。前の庭には木があった。それはライラックの木だった。裏の庭にも木があり、それは棗《なつめ》だった。前庭のライラックは紫の花を咲かせ、ほのかで上品な香りで、きれいな姉たちに似ていた。裏庭の棗は、毎年甘くもない不思議な実をつけた。その実には恐ろしげな長い毛のあるとげがあり、体に触れると痒くてたまらない。こんなところは七番めの兄に似ていた。

父は陶磁器研究所に勤め、陶磁器について研究していた。三番めの伯父は故宮の特別顧問をしており、同じく陶磁器の研究をしていた。二人とも学問があり、上品で、絵や書が好きで、京劇や美食を好み、そしてにぎやかな私たち子供も好きだった。

家には子供が多かったが、それは別に珍しいことではなかった。そして父は子供を甘やかすことは絶対になかった。名門ではあったが、子供の教育は大雑把で、羊を飼うのと同じだった。母の話によれば、一人育てるのもたくさん育てるのも同じで、たくさんいれば、大きい者が小さい者の面倒を見るから、かえって楽だそうだ。これも満清族の伝統だろう。[4]エホナラ家の祖先は武力を崇拝し、勇敢と剛毅を重んじた。父の時代になっても、家にはまだ刀剣棍棒などの武器があった。父も二種類の剣が使え、硬い弓を引くことも出来た。祖先の精神は子々孫々に伝わっていくものである。変わらず、衰えず、永遠に、よりよく伝わっていく。満清族は武器と戦いから発展してきた民族なので、自分の子孫にも勇敢で丈夫な、どんな風雨にも耐えうる人間であることを願った。

　そのせいか、我が家の子供も小さい時からみな腕白で、忍耐力があり、辛抱強い。頭が痛くても、熱があっても、自分の体力を頼りにし、医者を呼ぶことはめったになかった。病気になって特別にしてもらえることといったら、たった一杯のれんこんのスープだけだった。病人も、それを飲んだらよくなると思い、横になることもなかった。母が言うには、貧しければ貧しいほど、体は丈夫になり、寿命も長くなる。だから、私たちは小さい時、年寄りの使用人が着ていた古着をさらに仕立て直して着ていたものだ。

　小さいときの私はずいぶん変わっていた。頑固なおてんばで、しょっちゅう泣いた。そして泣き出すとなかなか泣き止まなかった。朝起きて何もすることがなく、それが気に入らなくて、どうするかというと、遊びとして泣くのだった。時には何時間も泣いて、家中を騒ぎまわった。家族は、私にかかわりたくないのか、みんな逃げてしまった。

何もない静かな庭を見て、機械のように泣いていると、どうして泣くのか、自分でも全然わからなくなった。本当に情けないことだ。われながら恥ずかしくなったが、どうすればよいのかわかる訳もなかった。

こんな風にわけもなくずっと泣くので、母に「至定錠」[5]を飲まされた。母は私の体内には熱がこもっていて、その熱を外に発散させないと大変なことになると思ったようだ。この薬は苦くて冷たい。誰にも飲ませたことがなかったのに、私にだけは飲ませた。母は私を雛のようにつかんで、薬を飲ませた。母にとってこれはとても大事な仕事だった。私は母が忘れてくれないかと期待したが、一日たりとも忘れたことはなかった。薬を小皿の上でひねりつぶし、水を足して、そして私を両足ではさみ、鼻をつまんでのどに流し込んだ。あの黒い液体は、いつも私ののどでしばらくぐずぐずしてから、やっと通っていった。あれには我慢できなかったが、無理やり飲まされた。あの「至定錠」はまるでねずみの糞で、外側には銀色の判があり、「同仁堂」[6]という薬屋のものが一番よかった。「同仁堂」の「至定錠」は、飲み終わっても皿に赤い砂のようなものが残っており、母はそれに水を混ぜて、また無理やり私に飲ませた。そして終いには、皿をなめさせるのだった。これは……全く堪えがたく不愉快だった。

私が生まれたとき、父は既に六十歳を超えていた。六十代の父は、どうしたって私を甘やかした。私がこの大家族の中で好き放題できるのも、慎ましやかで真面目な兄姉たちと対抗できるのも、私が特別だったからだ。

家族全員が、私を好きでもあり、嫌いでもあった。

夏の昼寝の時間、私は下駄をはいて、からんころんと庭中走り回って、そして大声で「はさみや包丁を研ぎますよー」と叫んだ。

一家何十人がこの瓦も割れそうな声に、昼寝から起こされた。誰ももう眠っていられなかった。一番上の伯母は部屋から出てきて、大声で私を叱った。

「こんな昼間にお前は何をしているんだ。お前のせいで、私の心臓はもう少しでのどから飛び出すところだったよ。まったく」

母が東の部屋から出てきて、三番目の伯父が北の部屋から出てきた。

わざとではなかった。みんなが昼寝をしなければならないことを忘れていたのだ。ちょっと大きな声を出すくらいのこともできないのか。ふん、謝るもんか。絶対に。母の実家でも、ここでも私は謝ったことなどなかった。私は本当に口が減らず、間違いを認めなかった。子羊みたいにおとなしく母に抱かれて、甘えて「母さん、もうしないよ」なんて、私のがらじゃない。

あの日、母は廊下に立って、炎天下で汗びっしょりの私に叫んだ。「部屋に戻って寝なさい」。

こんなにお天気のいい昼に寝るなんてもったいないではないか。私は母ににっこり笑いかけた。私にはもちろん逃げる方法があった。

「大声がだめなら、小さい声で芝居の歌を歌うのはいいでしょう?」そして、私はライラックの木の下で、芝居のしぐさをしながら、首を長く伸ばして、「ウイヤ……ア……ル……フ」と歌った。

私の可愛くて、しなやかな姿を見て、みんな驚いて顔を見合わせた。三番目の伯父は言った。

「この子はまだのどがうずうずして歌いたいみたいだね」

母は三番目の伯父を無視して、顔色を変えて私を睨んだ。部屋に入るとすぐ出てきた。手には羽ばたきを持っていて、その羽をしごきながら、「何がうずうずするですか。この子の皮は固いから叩いてやらなきゃ！」と言った。
私ははたきを目にすると、陸上選手がスタートのピストルを合図に走り出すように、走り出した。母は後ろから追いかけてくる。この鬼ごっこは我が家の定番だった。まず、金魚の水槽の周りをぐるぐる回ってから、西の廊下へ走っていく。そして二つめの門をくぐって、花壇の周りをぐるぐる走る。母はまだ追いかけてくる。手にしたはたきをしゅっしゅっと鳴らしながら。逃げる道筋はいつも同じで、何回繰り返しても、ちっとも変わらない。今考えると、その時母は、伯父たちを前に芝居をしていたのだ。みんなの怒りを静めるために。私を叩こうと思えば簡単に叩くことが出来ただろう。ちょっと路線を変えれば、私はすぐにつかまって、逃げられなかっただろう。

〈顧大玉〉　かあさんは本当に幸せだ。逃げ道がいくらでもあったのだから。私も逃げたかったけど、家はワンルームのマンションで、ドアを閉めたらもうどこへも逃げられなかった。
母が私を追いかける時、このルールはいつも守られた。結局、母は私を叩く気はなかったのだろう。

母の慈愛を子供の頃はよく理解できていなかったのだと思う。大きくなってやっとわかったが、もう遅かった。

一九五二年、妹が生まれた。その後私は完全に解放された。母はもう私にかまう暇も気力もなくなった。私の面倒を見るのは、七番目の兄に任せられた。

七兄は男兄弟の一番年下で、極め付けの腕白だった。そのいたずらは限度を超えていた。私は未だに七兄のいたずらに勝るものを見たことがない。七兄は、体の内から外まで、頭のてっぺんからつま先まで、いたずらっ子そのものだった。目玉をぐるっと回すと、必ずいたずらの悪知恵が湧き出て、誰も止めることが出来なかった。

たとえばこんなことがあった。三番目の伯父は芝居が好きで、いい芝居があったら必ず見に行った。その頃はテレビなどというものはなく、芝居を見るにはどうしても劇場に行かなければならなかった。そしてその時は、必ず私と七兄がついて行った。三番目の伯父はいつも前の席に座った。おかげで私はずいぶんたくさんの芝居を見ることができた。

ある時は「吉祥劇場《きっしょうげきじょう》」で、ある時は「人民劇場《じんみんげきじょう》」、そしてある時は「圓恩寺劇場《えんおんじげきじょう》」で見た。梅蘭芳《めいらんふぁん》の『鳳凰帰巣《ほうおうきそう》』、張君秋《ちょうくんしゅう》の『望江亭《ぼうこうてい》』、そして葉盛蘭《ようせいらん》の『群英会《ぐんえいかい》』などを見た。本当にいろいろな芝居を見たが、こんなこともあった。それは、護国寺の「人民劇場」に新たに改編された歴史劇『摘星楼《てきせいろう》』を見に行った時のことだ。切符はなかなか手に入らなかったが、何日か待って、やっと手に入った。

その日、劇場前に着いた時、七兄が突然大声で叫んだ。「しまった、切符を忘れた」。それでは入れないではないか。芝居が始まる合図の太鼓が鳴った。私たちはまだ入り口で焦っていた。切符のもぎりが、私たち年寄りと子供が入れないことに気付いた。伯父の学者風の様子から、嘘をつく人間とも思われず、入れてもらえた。ただし、最後列の席に。私たちは、最前列から最後列に換えられて腹が立ったが、入れないよりはましとすべきだろう。そのうち、劇場の最前列で、七兄のクラスメートが大人の付き添いもなく、おそるおそる犬のように芝居を見ていることに気が付いた。そしてこれが他でもなく七兄の仕業だということがわかった。案の定、休憩時間に彼らは私たちの目から逃れようとしていた。その中の一人は、わたしにあかんべえをした。全く、この七兄ときたら、極め付きの悪ガキだ。

七兄はワルだが、私は単なるおてんばだった。私は勇気はあったが、計略を知らなかった。時には七兄のアイデアを実行するだけだった。そういうわけで、私たち二人は葉家の悪者とその子分と言われたりもした。二人が一緒にいるとろくなことがないと思われていた。

そんなことを気にすることもなく、私たち二人はよく一緒にいた。

母はきれいな革のハイヒールを持っていた。いつもはたんすに片付けていて、よそいきにしていた。七兄は私があのハイヒールが好きなことを知っていて、盗もうと私を唆《そそのか》した。私は勇気がないと言ったが、七兄は見張りをしているからと後押しをした。七兄の応援で、ついに盗み出した。そして、流しの排水口に隠しておいた。外へ遊びに行く時、出して履いた。町でえらそうにかっかっと歩いていた。今考えると、六、七歳の女の子がモダンなハイヒールを履いて胡同《こどう》（横丁）を行ったり来たりするさまはなんと滑稽なことか。しかもその靴は、大人から盗んだものだ。こんなことができるのは、おそらく私ぐらいのものだ。ハイヒールはもちろん普通の靴より履きにくかった。ある日突然ひらめいた。ハイヒールのヒールを取ってしまったら、私にぴったりなサンダルになる！　我ながら素晴らしいアイデアだと思い、のこぎりを持ってきてヒールを切り取った。

切ってしまった後で、この靴がもう履けないということがわかった。ハイヒールのヒールを取っても、普通の靴にはならなかった。つま先が上を向いてしまい、そんなつま先が天を仰いでいる靴など誰にも履けるわけがない！

母は自分の大切な靴の、見るも無残な様子に、悲しみのあまり倒れそうになった。母はその靴を私の前に投げて、私の鼻を指差して、一語一語言った。「お前のこのおかしな考えは一体どこから来たの？」

私に一言も言えるはずがなかった。私は馬鹿は馬鹿だが、わざわざ自分からピストルに向かっていくほど間抜けではない。

七兄はそのとき傍にいて、話に尾ひれをつけた。「お母さん、広芩《こうきん》は悪の天才だ。悪事の尽きることがない」。

このレッテルは七兄に貼るほうがぴったりなのに……。

しかし、七兄には道理があった。「ぼくは靴を盗もうとは言ったが、ヒールを取れなんて言ってない。ヒールを取ったのはお前の勝手だ」。

そしてもちろん、母に叩かれることから逃れることはできなかった。

よく人が、自分の親は、教養があり、文化的であり、子供を大切にしたので、小さい頃から叩かれたことなどなかった、と自慢そうに言うのを聞いたことがある。確かに「平和」や「文明」の中で成長した子供はうらやましい。しかし、もし自分がそうだったらちょっと物足りなく思うかもしれない。私と同じ胡同に住んでいる子供やクラスメートは、誰でも叩かれたことがある。誰でも武力攻撃を受けた歴史があり、これは家庭の教養とは関係がなかったのだ。

葉家で、一番よく叩かれたのは、私と七兄だった。

こんな歴史があったので、私も自然と自分の子供を叩いたのだ。みんなこうして大きくなってきたのだ。叩かないと大きくならない。叩くのは、子供に教訓として、しっかり体で覚えてほしいからだ。今、あの幸せ、数え切れないほど叩かれた昔を思い返すと、感じるのは親の情、愛、暖かさだけだ。だから私も信じている。我が子も私の歳になれば、この気持ちがわかるだろう。

〈顧大玉〉　いい加減にしてよ。そんなに自分の暴力や武断を弁解しないで。今がどんな時代だと思っているの。母さんたら、まだこんな体罰を容認しているなんて。母さんは私を叩く時、絶対に「幸せな痛み」なんて考えてなかったでしょう。ただうっぷんを晴らしたかっただけでしょう。そして独裁者を演じたのよ。私は母さんと同じ考えじゃないから、恨みなんて抱かない。これは子供の美徳、特に中国の子供のね。

時には、罰を与えることも大事だ。しかしそれを「独裁」と混同してはいけない。

ここで、私の子供の頃の出来事を二つ話してみたい。

五〇年代、東直門外に大きな穴があり、その穴には水がいっぱい溜まって、溜池のようになっていて泳ぐことができた。水溜りは、水際は浅いが、いきなり深くなり、足が底に届かない。水遊びをしていて、しょっちゅう子供が水死した。この水溜りは東城の母親たちの恐怖の場所だった。子供があの水溜りに行ったと聞いたら、どんなに優しい母親でも叩かずにはいられなかった。七兄と私もよくそこへ泳ぎに行った。水に入る前、七兄は自分のズボンに空気をいっぱい入れて、浮き輪にして私の首にかける。そして私を放ったらかしにして、自分は水の中に潜って行った。水は汚いが、冷たくて気持ちがよかった。水の中には、尾がまだ残っている蛙と「野犬」という名の魚が泳いでいた。蛙と魚は小さい口で私を突っついた。痒かったが、捕まえようとしても捕まえられなかった。そのことを、小三という子が母に告げ口した。

母は私たちに外出を禁止した。けれども、私たちには足がある。母が昼寝をしているときこっそり出かけた。家を出てまず初めにやらなければならない大事なこと、「小三を殴ること」を済ませてから、その足でまっすぐ東直門の水溜りに行った。

夜家に帰ると、母は何をしに出かけたのかと聞いた。七兄はもちろん嘘をついた。私も嘘をついた。私の嘘をつく能力は、全部七兄に授かったものだ。顔色一つ変えず、心臓もどきどきさせず、本当のことより更に本当らしく嘘を言った。今になって思うと、七兄が私を作家に育てたのだ。七兄によれば、作家は嘘をつく名人であり、嘘もつけないようでは小説は書けない。上手く人をだませるほど、達人中の達人なのだ。

ただしこれは、七兄自身の考えに過ぎない。

母はそんな嘘にだまされるような人間ではなかった。母は爪で私たちの体をこすった。水に入ると、皮膚に白い跡が出る。私たちの皮膚にも白い跡がはっきり出て、嘘はすぐばれてしまった。二人はお尻をはたきで叩かれた。しかし私たちの面の皮は、尻の皮より厚いから、叩かれてもはずかしくなかった。

そしてまもなく、私たちは母の検査に対抗する方法を見つけた。水溜りの南側に理容学校があって、泳いだあと、私たちはその学校でシャワーをいっぱい浴びた。それで家に帰ると何の跡もなくなる。何回かシャワーを浴びに行ったあと、七兄はその学校の学生が無料で散髪してくれることを知った。シャワーを浴びてから、悠々と大きな椅子に座り、学生さんに、チャウチャウ犬のような髪にドライヤーをかけてもらい、油をつけてもらった。私も、右に習って、髪を結ってもらった。今日は小さいお下げ、次の日は三つ編み、と毎日変えてくれた。母はそれを見て喜び、いろんな人に七兄を誉めた。

「この七君は本当によく妹の面倒をみるのよ。見て。妹のお下げを上手に編んであげてるでしょう。私も負けそうなくらいよ」

しかし、理容学校の学生さんたちは、毎日私たちにドライヤーをかけたり、お下げを編むくらいでは満足できなかった。学生さんたちはカットの練習がしたかったのだ。それで、七兄と私の頭が犠牲になった。

七兄は坊主にされた。つるつるで髪の毛一本も残らなかった。私はお下げがなくなり、真ん中から二つに分けられ、まるで⑻漢奸《かんかん》のようになった。

私たちが手をつないで家に帰ると、ちょうど食事中で、みんなびっくりして、ごはんを吹き出した。お節介な姉、葉広芸はさっと私たちを連れて写真館へ行き、一緒に写真を撮ろうといった。私たちは断ることができず、しかたなしにちょっと座って写真を撮った。

私はつやつやした髪を真ん中から分け、まるで童話に出てくるウサギの家族で一番えらいおじさんみたいに真ん中に座り、何者も恐れない様子だ。七兄は後ろに立ち、小さな二つの目を必死にぐるぐる回して、何か悪いことでも考えているかのようだ。そして、主人公であり、写真代を出した姉は、怒っているようにしゃがんでいて、私たちを慎重にそして謙虚に見守っているようだ。写真は三人の性格を隠さず、上手く表している。

水溜りの話に戻ろう。

私たちの肌はだんだん日焼けして、母はこすって跡が出なくても、騙されていることに気付いたようだ。「悪魔の芸は一尺、正義の力は一丈」と言うが、母が人を管理する方法はまことに絶品という他はない。母は自分のはんこを出して、昼寝のとき、私と七兄の体中に「陳潔茹《ちんけつじょ》」という名前を押してから、私たちを外に出した。これで私たちが水溜りに行くことを恐れる必要はなくなった。

これは確かに私たちを抑えることになった。ひと夏じゅう、私と七兄は全身赤いはんこだらけで、恥ずかしくて人に見せられたものではなかった。

その後、私と七兄は頤和園《いわえん》の三番目の兄のところに住むことになった。頤和園の知春亭の南側に湖があり、私たちは束縛から逃れ、水に入る龍を夢見ていたが、母の印鑑も私たちと一緒に三兄のところに移った。

三兄は母の命令を受けて、私たちの体中に「陳潔茹」のはんこを押した。母と違ったのは、母が専業主婦で時間に余裕があり、ていねいに私たちの体に押したのに対して（母はおしりの両方にもていねいに押した！）、三兄は仕事に行かなければならないので、一つ一つていねいに押している暇がない。それで適当に押しただけで出かけて行った。

私と七兄は、額にはんこを押されたまま、岸辺で他の人が泳いでいるのを見ていた。自分たちが水に入れないことにいらいらしてきた。七兄はとうとう誘惑に負けてしまった。七兄は、湖に入って、ずっと頭を水から出して泳いだ。泳いで帰って来ても、赤いはんこはちゃんと残っていた。私も七兄の泳ぎ方を真似て、頭を上げて泳いでみた。だんだん慣れてくると、頭が水につかなくなった。

今でも、私は泳ぐ時、頭を上げ、額も髪の毛もぬらさない。

一方、私と七兄の活動範囲は、地面や水中だけではなく、空の半分、屋根の上にも及んだ。

その頃の北京には高いビルなどなかった。灰色の屋根が延々と連なっている。私たちは地面に降りずに、こっちの胡同からあっちの胡同へ跳び移っていった。屋根に上がったことがある人ならわかるだろうが、屋根の上の世界はこの上なく素晴らしく、地上とは全く違うのだ。

私には、劉箴《りゅうしん》という名前の甥がいる。おばあちゃんの家に泊まりに来ると、いつもすぐ帰りたいと泣き出した。どうしても我が家に泊まりたくないのだった。母には何も打つ手がなかった。お金を出しておいしいものを買ってあげてもだめだった。この劉箴は私を「おばちゃん」と呼び、七兄を「おじちゃん」と呼んだ。ためしに、私たち「おじちゃん」と「おばちゃん」は甥を屋根に連れて行った。屋根に着いたとき、甥は恐くて、屋根に腹ばいになって動けなかった。まるでヤモリだった。どうにかして私と七兄はこの甥をおだて、そそのかして、やっと北の部屋から南の部屋まで歩かせた。それから、両側の部屋からトイレに跳んで行って、別の家の庭の塀に上がった。三日足らずで、この甥は私たちが地面を歩くのと同じように屋根を歩けるようになった。屋根で隠れんぼをするのは、地面でするよりはるかに面白い。隠れる方も探す方も、あの興奮、あの興味津津、あの意外性、あの不思議さに夢中になった。

一週間後、姉が息子を迎えにきた。姉は息子が自分を見たらすぐ跳んで来て、離れ離れの一週間がつらかったことを訴えるだろうと思ったが、なんと息子は屋根の上から冷めた様子で姉を迎えた。屋根の上で猫のように腹ばいになってお母さんにだだをこねた。

「帰りたくない、夏休みが終わるまでおばあちゃんの家に泊まる」

なぜ帰りたくないの、と聞くと、こう答えた。

「帰ったら建物が高くて、屋根に上れないから面白くない」

屋根に上ることを、七兄に対して母は禁止しなかったが、私は許してもらえなかった。

「女の子が屋根の上をあちこち走り回るなんてみっともない。将来お嫁にいけないよ」

と母は言った。

「上がっては駄目だ」。父は母よりもっと現実的だった。

家にただ一つあったはしごを壊して、私たちが屋根に上がれないようにした。しかし、この世界に七兄を困らせることなどありはしない。七兄は、物置から、使わなくなった背の高い花飾りの棚を見つけて、トイレの低い壁に立てかけ、その花棚を登って、さっと塀に上がった。塀に上がれば、屋根にも上がれる。後はゆっくり歩けばいい。私は背が低いので、花棚には登れない。七兄に上から引っ張ってもらって、やっと上がれた。

七兄は屋根の上をあちこち走り回るのが好きだったが、私は上がる時、いつも破れたござや、冷たい湯冷まし、そして小さな絵本を何冊か持って、ちょうど木の陰になるところで横になった。涼しい風に、絵本、あの爽快感は他に比べるものがない。

ある日、母は屋根の上にいる七兄に降りてくるよう、私を呼びにやった。そこで私はトイレの低い塀に向かって大声で呼んだ。

七兄は顔を出して、「何だい？」と聞いた。

私はこのときとっさにいいアイデアが浮かんだ。「母さんが兄さんに上に引っ張り上げてもらいなさいって言ったよ」。

あの日、七兄は、ちょっと間抜けで、母さんがそんなことを言うかどうかもよく考えずに、私を引っ張り上げた。私が上に行くと彼は降りて、私は一人屋根に残された。屋根の上は退屈で、私はいつの間にか寝てしまった。夕方になっても私の姿が見当たらないので、母は心配になった。私が誘拐団に誘拐されたのではないかと思ったほどだ。家族全員ご飯も食べずに、あちこち探し回った。西城の親戚にまで問い合わせた。七兄も頭のないハエのように、私を上に引っ張り上げたことをすっかり忘れてしまったらしい。父は母に怒った。子供をちゃんと見張ることさえできないと責めた。母はただ泣くだけで何もできなかった。

実を言うと、そのとき私はもう目が覚めていたが、どういうわけか、出て行きたくなかった。みんながあせっている様子を見て、まるで他人の災難を見て喜ぶみたいに興奮した。私はとても嬉しかった。なぜなら、このとき家族全員が私のことを考えてくれたからだ。私は人に忘れられたちっぽけな人間ではなくなった。私は葉家が失ったお偉いさんになったのだ。

その日、私が屋根から下りていくと、意外にも、叩かれなかった。

時間のたつのは早いもので、あれからすでに四十年が過ぎた。七兄もすでに定年退職した。七兄が小さい時、どれほどいたずらをして、どれほど腕白で、どれほど大人を心配させたか、それらが本当にあったことなのか疑わしくなるほど、その後は平凡な一生だった。仕事に行き家に帰り、嫁をもらい、子供をもうけ、普通の人と何一つ変わるところがなかった。七兄の「聡明・才能」は残念ながら学業と仕事の助けにはならなかった。ちょっと回転するとたちまち色々なアイデアが湧き出てきた頭脳も、七兄をエリートにすることはできなかった。定年退職した七兄はみんなと同じだ。毎日生活や子供のことを心配している。昔のいたずらっ子が悪い男にならなかったことに、誰もが安堵した。

私は毎年北京に里帰りをする。年をとった兄が、色々な思い出のある昔懐かしい古い家の中を、歩きまわっているのを見ると、ほのぼのとしてくる。西の空が夕焼けで鮮やかな時、七兄と庭に立って、我が家を見回す。家は古いが、相変わらず高くて大きい。屋根の頂は夕日と接しているように見える。

両鬢《りょうびん》が真っ白になった七兄を見て、「私たち一番始めはどうやって屋根に上ったか覚えてないね」と言った。

七兄はちょっと笑って、私に聞いた。「もし今日またお前を水溜りで泳がせようとしたら、行くかい？」

私は「死んでも行かない」と言った。

その後で、七兄に子供のことを話した。いつも悩みの種の大玉のことだ。七兄は得意そうに言った。「その子はわしに似ている」。

それを聞いて私は全身ぞっとした。

〈顧大玉〉　なんでぞっとするの？　七伯父のようになるのはたいしたことよ。資格や卒業証書があり、魚や虫を捕まえたことがあり、鋼鉄の材料を転売したことがあり、通信販売をしたことがあり、株をやったこともある。今は古い磁器の鑑定をしていて自由に生きている。母さんが原稿を書くより百倍もいいよ。

〈顧明耀（夫）〉　母親の性格は一部分あるいは全体、多かれ少なかれ子供に遺伝する。時には親よりエスカレートする。この「前書き」を読んでも、明らかだ。顧大玉のおてんばと悪さも理解できる。ある人は言った。「母親は小さい時に受けた教育で、また自分の子供を教育する」。この話も納得できる。問題は、父親の私と母親の広芩がそれに気付くのが遅かったということだ。注意も怠った。自分の性格で良くないところがあったら、努力して教養を高めなければならない。これは子供にいい影響を与える。自分が受けた教育のつらさを覚えていたら、子供を教えるとき、教育効果を高めるためにも、方法を改善しなければならない。広芩はこの方面が少し足りなかった。広芩はよく大玉に、「待っていなさい。将来お前に子供ができて、おばあちゃんの家に来たら、私は孫に嘘を教えてあげる。それに、家出や母親に反抗することも教えてあげる。これをお返しと言うの。あなたにもその経験を味わわせてあげる」と言った。

ある日、私は顧大玉と話しているとき、この話に触れた。大玉は言った。「私は将来子供を産みたくない。中国にもういたずらっ子が増えないように。そしてその子が私のように叩かれることがないように」。私は大玉に言った。「それは間違っている。いたずらっ子がなぜそうするのかを見極めなければならない。それに、いたずらは子供の天性でもある。いたずらしても、危険でなければ、そして、いたずらしても悪い習慣が身につかなければ、大丈夫だと思う。もしいたずらから、子供の豊かな想像力、勇敢なチャレンジ精神、がんばろうという向上心を導き出すことができたら、育てることができたら、親として最大の成功だ。子供が恨みを持たないことは美徳である。人間の寛大さである。そして、痛みは必ずしも幸せとは限らないということを覚えておいてほしい。自分がしてほしくないことは他人にもしない。自分が子供だったころのことを思い出せば、自分の子供を威圧するなどということはできないだろう」。

注

①清明節　二十四節気の一つ。冬至から百五日目。新暦では四月五・六・七日頃に当たる。民間ではその三日の間に、墓参りをする習慣がある。

②香山　北京の西北郊外にある香炉峰（五五七メートル）の略称で、東側山麓に公園があり、紅葉狩りの名所の一つである。

③四合院　中国北京あたりの旧式の家屋や建物の構造であり、中央に庭を囲んで四角形に正房、東西の廂房と倒座と四つの建物がある。

④エホナラ家　西太后の出た満州族の一族。エホナラ氏。

⑤至定錠　精神安定剤のような薬である。子供がびっくりした後などに、よく飲ませる薬。

⑥同仁堂　北京の有名な漢方薬会社で、清の康熙八年（一六六九年）に設立。中国で最も歴史の長い薬品会社で、一七二三年から百年以上、皇帝宮殿に薬を提供してきたことで有名である。中国唯一の国営漢方薬企業である。香港、マレーシア、英国、オーストラリアにも支店がある。

⑦梅蘭芳、張君秋、葉盛蘭　三人とも京劇の名優。梅蘭芳（一八九四‐一九六一）は、四大名女形（梅蘭芳、王瑶卿、程硯秋、尚小雲）の一人。代表作は「貴妃酔酒」。張君秋（一九二〇‐一九九七）は、王瑶卿の弟子で、次代の四大女形の一人。葉盛蘭（一九一四‐一九七八）は、一九五一

年当時中国京劇一団の団長を務めた。
⑧漢奸　売国奴のスパイのこと。髪をよく真中から分けている。

2　初めて人として

妊娠の感覚は人によって違うものだが、私の場合はいつまでも妊娠の辛さが忘れられない。

私は高齢出産だった。

むくみ、高血圧、動悸、蛋白尿……医学を習った私にはよくわかる。これは「妊娠中毒症」の初期症状だ。これから大変だという警告だ。

気持ちの変化がなかなかコントロールできなくなり、その時の私はとてもナーバスになっていた。どうしようもなかった。病的なまでに、心理状態がおかしくなったのだ。

子供の時と同じような癖で、しょっちゅう涙が出る。仕事が終わって家に帰ると、ずっと座ったままで一言も話したくなかった。

これは夫に心配をかけたようだ。夫は言った。「何か話してよ。一体どうしたの?」

私は自分がどうなったか言えなかった。

夫はいろいろ当てずっぽうを言った。同僚と喧嘩したのか、上司に叱られたのか、など。しまいには、まさかソ連修正主義のスパイではないかとさえ言った。私の年齢ではあり得ないのに。しかもソ連人と接触する機会もない。不可能だ。その後も、また、私がどこかのサラリーローンを借りたとか……いろいろ当てずっぽうを言うが、私は依然として泣くしかない。本当に夫など相手にしたくなかった。

夫はサスペンス映画が好きだ。『徐秋頴案件《じょしゅうえいあんけん》』、『鉄道衛兵《てつどうえいへい》』、『国慶十時《こっけいじゅうじ》』などの映画を、ほとんど見ている。私をソ連のスパイなどと言うのは、当時反スパイ映画『熊跡《くまのあと》』が上映されていたからだ。私と映画の中の人物を混同してしまったのだ。今でも、夫はこうした映画が好きだ。現在、夫は日本の広島県立女子大学の教授をしていて、毎週月、火、金の授業が終わると、すぐに慌てて家に帰る。それは夜のテレビサスペンス劇場に間に合わせるためである。時には、慌てて部屋に入り、服を脱ぎながら、テレビの前に飛んで行って、「殺人事件だ、殺人事件だ」と大声で叫ぶのを見ていると、怒ることも笑うこともできない。

こんな大の男に、子供の心がまだ残っていて、まあ、それも可愛いと言えるかもしれない。

しかし、その時、私は夫が可愛いとは思わなかった。ただただ憎らしいと思った。

私は工場の病院で働き、夫は西安《せいあん》の大学で教鞭をとっていて、二人とも仕事に縛られていた。

お腹にいる生命は一生懸命に自己主張をしていた。蹴ったり、伸びたりして、おとなしい日はなかった。このいたずらっ子は男か女かよくわからなかったが、こんなに蹴ったり叩いたりして、親を大事にしないことを考えると、多分男だろう。

男の子でも女の子でも、私にとっては同じだ。私の実家は、兄弟十四人で、半分が男、半分が女だ。この子が男でもいい、女でもいい。とにかく、この子には将来、叔父、叔母が大勢いて、いとこも大勢いるので、寂しいことなどない。

夫の家はちょっと違う。彼は一人っ子だ。顧家という広い大地の一粒種だ。彼と彼の父親はこのまだ出会っていない子への期待がとても大きかった。当然男なら文句なしだ。しかしまあ女の子でも構わない。それもいい……次は息子かもしれないから。しかし私にはわかっていた。もう次はない。

私の体の状態は、この子を安全に守るだけで精一杯だった。私はしょっちゅうめまいをおこす。又しょっちゅう息苦しくなり、最低血圧が百二十になったこともあった。脈は二百を超えた。足がひどくむくみ靴が履けなくなって、仕方なく防空壕を掘る時に履いた解放靴を履いた。ズボンは夫のものだ。服は工場のＬＬサイズの作業服だ。顔にはあちこち黒いしみがあり、ペニシリンを塗っていた……我ながら自分がとても醜いと思う。格好もあまりに……。しかし、私にとってそんなことはどうでもよいことだ。だから焦ることもなく、とても冷静だった。妊婦の美しさはこんなところにあるのかもしれない。夫のズボン、ＬＬサイズの作業服、顔中の黒いしみも、全然気にならない。女はこの道を通らなくてはならないのだから。

だから私は何も気にしないのだ。

しかし、何年か経った今、私は商店のマタニティーコーナーで、様々なマタニティードレスや、赤ちゃん用品を見る。その時初めて、時代の移り変わりの速さを感じたのだ。止められない時代の流れや、文明、進歩、調和などは既に昨今の主流になっている。輝く太陽になり、われわれの生活を飾っていて、われわれの人生を左右している。……ある店で、私はとても素敵な可愛い箱に入ったピンク色の小さな服に目を奪われた。可愛い女の子がこの服を着ているところを想像してみた。この服を着られる子供は間違いなく幸せだ。

もちろん、このような服を持っていない子が幸せでないとは言えない。私の子供の服や毛布はみんな工場の孫玉亭《そんぎょくてい》という年輩の同僚が作ってくれた。私はこの方面の腕がない。母が早くに亡くなったので、教えてもらえなかった。このような本来おばあちゃんがする仕事をみんな孫さんがやってくれた。彼女は喜んでこういう仕事を引き受けてくれた。あのクラシックな子供服を作る時、彼女の顔には優しさと愛情が溢れていた。傍で見ていて、本当に感動させられた。そして自分が子供の時に着ていた服は、全部使用人の古着を仕立て直したものだということを思い出した。北京の東城にあるあの古い家に次から次へと誕生してきた小さな命を思い出した。

生命は世代から世代へと継がれていき、歴史は時代の輪をめぐっていく。

私は北京の実家へ戻って子供を産もうと決心した。あそこは私の家で、ふるさとだ。あそこが一番安全なのだ。

家に対する思いは私の弱みだ。あの家を出てもう何十年も経ち、親もすでにないが、家の匂い、家族の匂いが満ち溢れる町に対しては、やはり特別な思いがある。けれど、私は実家に戻ることはできない。規則なのだ、北京の規則。いまでも厳しく守られている規則――娘が実家で子供を産むのは規則に反するのだ。

だから私は夫の実家に行かなければならない。雍和宮《ようわきゅう》の近くにある「後永康胡同《こうえいこうこどう》」の小さな家に行く。あそこには義理の父親（夫の父親）が買った家があり、お父さんの養女（私たちは彼女を二番目の姉と呼んでいる）がいる。後永康は私の実家から遠くなくて、いくつかの胡同を隔てているだけだ。両家はよく行ったり来たりしている。

しかし夫は私に同行できない。冬休みにならないと、どこへも行けないのだ。夫が私の子供のためにできることは、ただ綿入れのコートを着て小さい椅子を抱え、私の寝台列車の切符を買うために駅の切符売り場の前で一晩中並ぶことだった。当時、寝台列車の切符を買うのは容易なことではなかった。私たちには知り合いも、何のコネもなかった。おとなしく並ぶしかない。夫が帰ってきて、あの貴重な切符を私に渡してくれた時、コートの袖にはチョークで番号が書かれていた。それが、悲しくて堪らなかった。

早朝、日がまだ昇ってこないうちに、夫は自転車で私を駅まで送ってくれた。夫は言った。「もし途中で気分が悪くなったら、車掌さんに言うんだよ、決して一人で我慢するんじゃないよ」。

私は「わかった」と言った。「うどんを十斤買って、戸棚の中に置いてあるから。小さい甕《かめ》に私がつけた『雪里紅《シュエリーホン》』（漬物の一種）もあるし。食事に十分気をつけて、不規則な食生活をしないでね」と言った。

「君が行ったら、俺は食堂で食事をするよ。家のあの練炭のかまどを俺は使えない」

「あまりしょっちゅう食堂で食事をしないで」

「俺は食堂の食べもので大きくなったんだ」

これでこそ夫婦だ。充実しているし、本物だ。

私はまだ言いたいことがあったが、言えなかった。心の中に飲み込んだ。もしかしたら、帰って来ないかもしれない。どんなに楽天的な私でも、自分の体を考えてみると、危険があちこちに存在しているのがわかった。母がこう言ったことがある。

「女性は子供を産む時、閻魔大王とただ一枚の窓紙でしか隔てられていない」

私の場合、その窓紙は既に破れていた。私はもう既にあの世のことをはっきり意識していた。夫に言わなかったのは、心配をかけたくなかったからである。三十七を過ぎた夫が、初めて父親になる。彼は楽天的で純粋な人間だ。大きな子供のように、悩みより喜びのほうが大きい。

私は列車に乗り、夫は発車する前に帰った。朝一限目の授業があるので、遅刻はできない。彼は一言言って慌てて列車から降りた。彼の姿がホームから人込みの中に消えたのを見て、心の中が真っ白になり、ちょっぴり悲しい気持ちになった。そしてちょっぴり頼れるものがない孤独、それからちょっぴり「大きな災難が来ても、頼れるのは自分しかない」というようなあきらめ……。
とその時、お腹の子が突然私を蹴った。すぐに私を現実に呼び戻した。私はもう一人の存在に気が付いた。あの子が私に「心配しないで、私がいるよ」と言ったかのようだ。この信頼の印とも言える蹴りはまるで、声のない慰めだった。私は思わず両手でお腹を抱えた。まるでこの子を抱いているみたいだ。そうだ、この子は私と長い人生の旅を共に歩まなければならないのだ。私たちは一緒に呼吸するのだから、一緒の運命だ。一緒に最後までがんばらなければならないのだ。

ああ、私のあかちゃん。

北京に着いても、すぐには病院に行けなかった。まず最初に臨時戸籍を登録しに行かなければならない。でないと、病院で診察をしてもらえない。

事務所の女性職員は気が利き、さっぱりした人だ。余計なことを言わずに、すぐ手続きをしてくれた。彼女はカードを渡してくれる時、目が赤くなり、落ち着かなげな様子になった。彼女は言った。「私の娘も六九年に北京から下放[1]された知識青年だったけど、まだ帰ってきていない……。あなたの体を見ると、八割がた男の子よ」。

私はちょっとにっこりして、心の中でまだ農村にいる彼女の娘のことを考えた。

東四《ドンスー》（地名）の産婦人科病院に着いた。医者は私に妊娠を終りにすることを提案した。帝王切開で赤ちゃんを取り出したいと言った。

私は「帝王切開しないと、赤ちゃんはだめですか？」と聞いた。

医者は「赤ちゃんはまだ大丈夫、現在の状況から見ると、発育は順調で、問題はむしろお母さんのあなたの方よ。妊娠中毒がもう危険な状態になっている」と言った。

「たとえそうだとしても、自分で産む」と私は言った。

私は子供が出て来たくない時に、むりやり引っ張り出したくない。生命の旅は自然に任せるべきだ。妊娠十ヶ月、時期が熟したら、自然に生まれ、自然に大地に落ちる。誰かに干渉されたり、変えられたりする必要はない。私は遺伝を堅く信じる。私の母親は一生にたくさんの子供を産んだ。母は立派な子をさずける観音様だ。子供たちも誰一人、人に引っ張られて取り出されたものはいなかった。

話によると、私を産んだのは夜だったが、母は足を洗った後に立ち上がろうとした時、もうそろそろだと感じ、そしてまもなく、私がこの世にやって来たのだそうだ。母がそうだったので、私もそう難しくはないと思う。私は自分がこの仕事をやり遂げると信じる。子を産むのは、生命が交代し継続する過程であり、自分の遺伝子、経験、生活などを全部別の人に渡す過程でもある。それは荘厳かつ偉大な過程だ。女性は、妊娠と出産によって、さらに美しくなり、完全になる。しかも、人生の真の意味がさらによく理解できるようになる。「母親」という字は粘り強さ、成熟を意味する。この子はきっと私に協力し、私が願望を達成できるように助けてくれると信じる。私たちは血と肉で繋がれている親子なのだから。

医者はそれ以上強制できなかった。

子供が出てくる直前の数日間、私は毎日胡同を散歩した。すべての可能性に対処するために、私は体力と忍耐力を蓄えなければならない。私は「戯楼胡同《ぎろうこどう》」に沿って西へ歩く。雍和宮の南側の壁に沿って、成賢街《せいけんがい》の国子監《こくしかん》の大きな牌坊《②パイファン》に着いたところで折り返し、柏林寺《はくりんじ》から、家に帰る。国子監は元、明、清、三つの王朝の国家最高の学府だった。柏林寺は元代から残っている名刹だ……。この道は文化の色が濃く、歴史のゆかりも深い道だ。また、この道は人に無限の想像力を与えてくれる。雍和宮は清朝世宗雍正帝《ようせいてい》が隠れた邸宅だった。雍正は康熙帝《こうきてい》の四番めの皇太子で、ここは早くから、「四爺府《スーイエフ》」

と呼ばれていた。昔の雍和宮の東側に大和斎《だいわさい》、如意斎《にょいさい》、酔月斎《すいげつさい》、海棠院《かいどういん》などの立派で美しい建物があった。「戯楼」もその一つだ。これらの建物は西側の雍和宮の中央参道と繋がっている。北京の北東部に位置する雄大かつ輝かしい建物群である。残念ながら、東側の建築は八国連合軍が北京を占領した時に、戦火に焼かれ、壁の外側の「戯楼胡同」しか残らなかった。そこを通ると、いろいろな思いが頭に浮かんだ。私は新しい命を抱え、歴史と文化の中を歩きながら、いろいろ考えていた。人生の謎、理解できない秘密を感じていた。二十年後、私が書いた何冊かの「家族小説」の背景はみなあの「戯楼胡同」だ。あの胡同の名前もそのまま使った。小説に書いたいくつかの物語の原型は、ひょっとしたら、あの時あの子がお腹の中にいる時、または悠々と散歩している時に構成されたのかもしれない。この何冊かの小説は我が子と一緒にお腹の中に同時に存在していたのだろうか。

雍和宮は七〇年代には閉鎖されていた。赤茶色の玄関は永遠にカギがかかっていて、開いたことがなかった。宮殿の黄色のるり瓦の屋根は夕日の下で寂漠とした光を放ち、古色蒼然とした雰囲気を醸し出していて、深遠で理解しがたい感じがした。赤い壁の向こうに、高くて大きい、四本の柱に支えられた七つ屋根の牌楼が見えた。竜と鳳をかたどった御璽《ぎょじ》の絵と模様、荘厳な金色の鮮やかな絵が、高い壁面から現れ、永遠に解けない歴史の暗号を伝えていた。また、ある種の豊かさと深みを伝えていた。壁の向こう側に、牌楼に書かれた「⑶寰海尊親《かんかいそんしん》」という文字が見えた。この「寰海尊親」は私の心境にぴったりだ。ここは雍正皇帝の生まれた所。生命の源の地。縁起がいい所。愛情が深い所。祖先を尊敬する所。私は無限とも言える感動を味わった。私と祖先、宇宙生命との縁はこの天地の間にあり、私自身の命の中にある。

私はこのまだ生まれていない小さな命に名前をつけようと決めた。名づけのアイデアは散歩の過程に生まれた。アイデアはあのぴかぴかしている牌楼や、そこに書かれている「寰海尊親」「④十地圓通《じゅうちえんつう》」の周りをぐるぐる回っていた。

私はこの子を顧大愚《こだいぐ》と名づけようと決めた。この名前なら男女とも使える。優美であってそしてわかりやすい。真の賢者は愚人の如し。わかる人ならこの名前から中華文化の精神を感じる。わからない人もこの名前から人としての正直さと謙遜がわかる。

大馬鹿に見えるが、本当は馬鹿ではない。顧大愚、これは雍和宮から賜わったものだ。

まだこの世に誕生する前に、彼女より先にこの世に来た。

数年後、我が子はこの「愚」という字の画数が多くて難しく、しかも従兄弟たちにその名が耳障りで、よくないと言われて、私の許可もなしに、勝手に「大愚」を「大玉」に変えてしまった。「玉」は確かに「愚」よりずいぶん簡単だが、意味は天と地ほどの違いだ。大玉、大玉、大きい玉は、即ち磨かれていない玉である。果たしてその実は「頑固な石」だ。「玉はみがかないと、器にはならない」という警句が含まれている。

名前は悪い方へと変わってしまった。

夫は「大玉がずっと無茶なことをするのはこの名前のせいだ。運命に決められたのだから、仕方がないさ」と言った。

私は「名前を自分で直したからだ、騒ぎも苦しみも自分が作り出したのよ。自業自得よ」と言った。

もちろんこれは二十年後のことだ。

人生の中で、大きな節目はいつも簡単かつ明瞭だが、話し出すと細かいことばかりだ。

私は病院で検査してもらった。医者はもうこれ以上延ばしたら危ない、早めに入院すべきだと言った。

私は帝王切開はだめだと言った。

医者は帝王切開がだめなら、産気づかせる、と言って、陣痛促進剤を注射したり、針灸をしたりした。

丸々三日間、私は病院で苦しんだ。分娩準備室では、次から次へと産婦が入れ代わった。子を産むことは彼女たちにとって、順調かつ自然だった。が、私だけは、苦しいことこの上なく、うなる気力も消え失せた。私は歯を食いしばってベッドに縮こまっていた。意識を失ったり、とり戻したり、自分が誰だかもわからなくなった。あの子はしっかり私を捕まえ、なかなか出ようとしなかった。本当に頑固な奴だ。

医者は最後に私の意見を聞いた。「切りますか?」

「いいえ」と私は言った。

産室の外では、北京にいる親戚がみんな代わる代わるやって来て、順番で待っていた。七兄の嫁は焦って、心配そうに言った。「どうしてこんなに難産なの、皇太子でも産むとか?」

誰も彼も焦っていたが、当のこの子だけはちっとも焦らなかった。

何本か陣痛促進剤を注射した後、あの子はやっと少し出る気になったようだ。四日目の朝、私は分娩台に移された。高血圧と杜冷丁⑤のせいで、くらくらするばかりで、痛みも感じず、場所もまわりのこともわからなかった。機械のガチャガチャいう音、医者と看護婦の話も遠くて、はっきりと聞こえなかった。見えなかった……。

湿っぽく暖かいものが体から出て来た。大きな泣き声が私の耳に勢いよく入ってきた。私はびっくりして、元気になった。ああ、私の子だ、私の子だ！　興奮が心の底から湧き出た。頭から足まで、全身の細胞が幸せで一杯になった。怖いほど幸せだ。

出産の過程はこれだけだ。複雑でもあり、単純でもある。辛さもあり、嬉しさもある。

医者が「女の子だ」と言った。

それから、真っ赤なものが私の目の前にちらりと見えた。それが母子の出会いの儀式だ。病院の慣例行事だ。

私は親戚たちが外で「女の子！　女の子だよ」と言うのが聞こえた。

私は東四産婦人科病院の病床で横になっていた。病院は昔大きい豪邸だったものを病院に建て直したものだ。そのせいか、古い窓枠と風格のある古い庭は屋敷を感じさせる。窓の外は風が吹いていて、すずめが枯れた海棠《かいどう》の枝にとまっていた。空は曇っていて、灰色だった。お寺みたいに広い病室に十何台かのベッドが並んでいる。ベッドの全部に赤ちゃんを産んだばかりの産婦が横になっている。お見舞いに来る人も多かった。ザワザワしてとても混雑していた。しかし、私にはその混雑が感じられなかった。私の心はもうここにはなかった。私は知っている。ここから遠くない所に、私の娘がいる。彼女はもう一つの完全に独立した命だ。もう私のお腹にいた「蹴りちゃん」ではなかった。

赤ちゃんの大合唱が聞こえてきた。中には声が高くて、みんなをリードするソプラノみたいな声もあった。歩ける産婦はみんな見に行った。ガラス窓から自分の子を探していた。私は動けなかった。

医者は「血圧がまだ高すぎる。もしこのまま下がらないと、ちょっと面倒なことになるかもしれない」と言った。

三日目、医者はやっと娘を連れて来て見せてくれた。あまりきれいではなかった。髪の毛が柔らかくて細い。目がとても小さくて、口が大きかった。鼻にたくさん白いブツブツがあった。耳はまるで慌ててつけてきたみたいだった。とにかく、立派ではなかった。

〈顧大玉〉　私は今とても綺麗よ。どうして赤ちゃんの私をこんなふうに書くの。よそのお母さんは自分の子を見ていつも可愛くて、きれいだと思うのに、母さんの目にはなぜ私はこんなによくないの。まあ、よくなくても、母さんが生んだ子だけど。

私はあのぴかぴかしている、黒いボタンみたいな目を見て不思議に思った。この子は果たして何ヶ月も私のお腹にいた子なのか。この子は私と一緒に列車に乗ったのか。この子は毎日私と一緒に雍和宮を散歩したのか。私たちの対話と暗黙の了解はまだ覚えているはずだ。私は指であの子のほっぺをこすった。彼女は口で探した。何か食べたいようだ。そうか、彼女の全ての記憶は食べることへと変わったのだ。食べ物が見つからなかったので、彼女は泣き始めた。みんなをリードしたあのソプラノみたいな声の持ち主が、彼女だったということがよくわかった。

後から事実が証明された。怪しいことは全て、必ず彼女がリードしていた。

もちろん、勉強は例外だ。

四日目、顧大玉を抱いて後永康に帰った。あの花模様の仕切り板がある奥の部屋に泊めてもらった。表の部屋には二番めの姉が住んでいた。この奥の部屋にはたくさんの清朝の書や絵が掛けてあった。ガラス窓に花模様のカーテンが吊ってある。この部屋は私が入院中に姉の息子たちが準備してくれたものだ。彼らはこのような文化的な方法で新しい従妹を迎えようとしたのだ。あの書と絵は今日ではどれも貴重な文物だが、当時は大したことはなかった。

二番めの姉には三人の息子がいる。三人の息子ではまるで三匹の虎が母親を囲んでいるみたいで、姉は自分の周りに、柔らかいものや、やさしいものがないと、物足りなさを感じていたようだ。顧大玉の到来は、この穴を埋めた。大玉は初めてこの家に住む女の子なのだ。

三人の従兄はみんなもう働いていた。彼らはこの人形みたいな赤ちゃんに、興味津々だった。娘を囲んで、仔細に見た。姉は彼らを叱った。「あっちへ行って。お前たちの臭い匂いがぷんぷんして彼女についてしまったよ。気をつけなさい」。

従兄たちは笑いながらも、離れようとしなかった。

その後は、順番にお人形さんを鑑賞した。

十日が過ぎた。大玉ちゃんの小さな鼻と目に変化があった。ちょっと大きくなり、赤ちゃんらしくなってきた。ほっぺは赤からピンクに変わった。手足は丸くなった。目も段々と表情が出てきた。姉は二本の緩い紐で大玉ちゃんの足を縛った。「将来は細くて長いきれいな足になるよ」と言った。

私はほどいてと頼んだ。「粽《ちまき》みたいに縛られて、痛そう」。

「赤ちゃんはみんなこうやって縛るのよ」と姉が言った。

私は縛られたことがないと言ったが、姉は「絶対に縛られたはずよ、あなたは覚えてないだけよ」と言った。

私はこれ以上何も言わなかったが、大玉の両足が可哀想だった。

大玉は小さな両手を振り回して、人魚姫のように縛られた両足を動かした。彼女は嬉しそうに動いていた。縛られていようがいまいが、全然関係ないみたいだ。

突然、「ぎゃあぎゃあ」と大きな泣き声を出した。彼女の顔に赤い傷ができていた。自分の爪でひっかいたのだ。これは大変だ。彼女が生まれてから、そんなに大きな傷ができたことはなかった。顔が真っ青になって、失神しそうなほど泣いた。私はどうしていいのかわからず、姉が額にある「人中」というツボを押しながら、私に早く水を用意するよう言うのに従うだけだった。

魔法瓶のお湯は熱すぎたので、とっさに私は机の上にある急須に残っていた冷たいお茶を入れた。

大玉の呼吸は少し落ち着いたが、まだ大声で泣いていた。哺乳瓶を口に持っていったが、はあ、すねて飲まない。自分で顔をひっかいて癇癪を起こすなんて。

「変な子ね。この傷は誰につけられたものではなく、自分でやったのに、誰に怒っているのか、なぜ怒るのか、まったく道理がわかってない」と私は言った。

「こんな一ヶ月にもならない赤ちゃんに、道理なんて言ってどうするの。もし道理がわかっていれば、自分でやるはずがないじゃないの」と大玉を抱きながら、揺らして、「おお、よしよし」とあれこれあやした。

泣いたあとに、喉が渇いたのか、お茶まじりの水を全部飲んだ。そしてそれは困ったことになった。

お茶をちょっと飲ませただけなのだが、元気になって目がさえ、夜中の二時になっても眠らなかった。両目をくるくると動かしている。抱っこしながら、揺すらないといけない。ちょっとでも止まったら、すぐ泣く。私は本当に眠くてしょうがないのに、どうすることもできなかった。四時ごろになっても、まだ全く寝そうな気配がない。私は「もう母さんは降参よ、早く目を閉じなさい」と言った。

姉が服をはおりながら、入ってきた。私が引き出しから何か探しているのを見て、「何を探しているの？」と私に聞いた。

「睡眠薬よ」

「誰の？」

「もちろんこの子よ。私はこんなに疲労困憊してるから、睡眠薬なんかいらないもの」と返事をした。

「あなた大丈夫？　赤ちゃんに睡眠薬を飲ますなんて、聞いたことも見たこともない。死んだらどうするの？」と姉は言った。

「それも仕方がないわよ」

姉は何も言わずに、赤ちゃんを抱いて出て行った。

翌日、大玉を抱いてきた時、小さな両手には手袋があった。

私には子育ての経験はなかったが、原則はあった。とにかく、甘やかさないこと。幼い時には厳しく、大きくなったら愛情を惜しまない。厳格と寛容による葉家の子供の管理方法と、子供を重視しすぎないやり方は、子供の頃からずっと私の血に染み込んでいる。記憶の中では、父と母が私を抱っこして、揺すったり、また、軽く叩いたりして、いい子いい子ねとあやしてくれたことが一度もなかった。そして兄姉たちが子供を甘やかすのを見たこともなかった。

小さいころ、伯母が私に教えた。「私たちは旗人[6]だ。外の人間は旗人と聞くと、すぐ八旗の子孫で、鳥かごを持って、鷹と遊んでばかりいる金持ちの贅沢な人間だと思う。彼らは私たちのことを知らないからね。でも私たちはよその子と比較しない。車を引っ張って豆乳を売る人は、子供をただ甘やかすだけ。彼らにはなんの夢もなく、ただ少しでも技術があれば、ちいさい商売をして、お腹一杯食べられればそれで十分満足だという人間だ。われわれはそれではだめだ。われわれが子供を教えるのに他の方法はない、厳しさだけだ。厳しくないと、大した人材は育てられない。曾国藩《そうこくはん》は有名な偉い方だ。彼の祖父は子供を教える時、大勢の人の前でも、厳しく叱って、全く手加減しなかった。お前も覚えていなさい。立派な人はみんな厳しさに鍛えられるのよ」

私のこの伯母の実家は清朝の内務省の官僚だった。子供がなく、ずっと私たちと一緒に住んでいて、一九六一年に亡くなった。伯母が私にこの話をした時はとっくに清朝が滅び、中華民国もなくなっていた。しかし、彼女の「慈愛は惜しまず、厳格は恩を傷つけない」という考えはずっと葉家の世世代代が伝えてきた教訓だ。もちろん、彼女の労働者に対する侮蔑的な考え方には問題がある。が、もう既に亡くなった清朝のおばあさんに厳しく要求しても仕方がない。彼女はもし生きていれば、もう百何歳かになるのだ。

問題は目の前のこの身振り手振りをしている赤ちゃんが顧という姓であることだ。彼女は葉という姓と関係がない。まわりの従兄たちはみんな車を引いて、豆乳を売る人間だ。一番上は鉄道の労働者、次はアルミニウム製品工場の鍋作り、三番めは失業中だ。三人の父親は廃品収集会社で働いている。みんな肉体労働者だ。知識も教養もあまりない。だから「君子が子供を教える時、正しい道に導く」という教訓がわからないし、また「寛大さと厳しさを持ち合わせることこそが、家を治める道だ」ということもわからない。しかし、みんなとても善良で、素朴な人間だ。彼らはいつもこの小さな従妹の前に、開けっぴろげに愛情と心配を示していた。ちょっと別のことをすると、彼らはすぐに戻ってきて赤ちゃんを抱き上げて、あやすだけではなく、部屋中をあちこち歩く。そしてガラス窓の向こうの、木や鳩や花などを一緒に見る……。

まだ一ヶ月にもならない赤ちゃんに何が見えるものか。太陽の光に目をさされて、くしゃみのしどおしだった。

私はふっと感じた。この子はひょっとしたら、連れて帰れないかもしれない。

私の予想通りだった。西安へ戻るのは、私一人だけだった。我が子は北京に残った。

北京の後永康の小さい四合院に残った。

西安に戻った後、いつも自分が引き裂かれているように感じた。心の半分は北京にいる我が子の所にあった。風が吹けば、北京の風はもっと強くないかと心配し、雪が降れば、我が子が綿入れのズボンを穿いているかどうか心配になり……。毎月子供のために三十元を送った。三十元は私の給料の八十パーセントだった。当時、私の給料は三十九元、夫は五十八元五角で、何十年も変わらなかった。私たちには経済力があまりなかった。私は仕事以外に、謄写版をきったり、日本語講義のプリントをコピーしたりしていた。謄写版をきるのは、一枚五角だった。そのアルバイトで稼いだお金を北京に送った。小さい竹の乳母車を大玉に買ってくれるように頼んだ。当時、北京の子供にはみんな竹の乳母車があった。中に座って、大人に引っ張ってもらい、町中のあちこちに行ける。竹車は子供が座れるだけではなく、野菜なども入れられる。必要な時はベッドにもなる。いま考えると、本当に便利でしかも実用的なものだった。今の木綿の布とパイプで作られたベビーカーより、遥かによくできていると思う。

簡単かつ素朴な竹車は庶民的な味に溢れていた。いまでも懐かしく思う。

顧大玉の消息はしょっちゅう伝わって来た。

もうハイハイができるよ。もう壁につかまって歩けるよ。もうママと呼べるよ。そばを食べられるようになったよ。もう完全に離乳食になったよ……。

彼女の消息一つ一つに私は興奮した。私はその知らせを長い時間をかけて味わった。北京から大玉が竹車に座っている写真を送ってくれた。写真の大玉はもう丸々として、可愛くてきれいな女の子になっていた。夫は自分に似ていると言った。それは、彼が私より器量がよいだからだ。私は私に似ていると言った。あの格好、あの気質は、まったく私の赤ちゃんの時そのものだ。

夫は北京に出張に行った。帰ってきた時不思議そうに私に言った。「あの子は誕生日の時、物を掴むゲームで、何を掴んだと思う？」

「何を掴むかなあ」

「大きい揚げパンだよ。彼女は大きい揚げパンを掴んだ。しかも砂糖がついているやつだ」

物を掴むゲームは一種の遊びで、誰も真剣にやらない。大きい揚げパンも悪くない。けれど、逆に言うと、大玉の前にはたくさんのものがあったのに、どうして万年筆や、本などの実用的なものではなく、大きい揚げパンなのか？

夫が「大きい揚げパンにも実用性があるよ」と言った。

「それはそうだけど……」と答えたが、心の中ではちょっと寂しかった。

大玉が二歳半の時に、連れて帰ろうと決めた。

夫と後永康の玄関に入ると、大玉はちょうど小さいテーブルでお粥を食べていた。

私たちを見て、「ワッ……」と泣き出した。パパとママが迎えに来ることを事前に聞いているはずだ。賢い大玉は私たちを見て、すぐ彼女を連れて西安に帰ることがわかったようだ。彼女は「ママ！」と叫んだが、私の方へ来ようとしない。二番めの姉の所へ走って行った。姉の目も赤くなり、彼女をしっかり抱いて、離すまいとした。

まだ帰ると言ってもいないのに、こんな調子では、一体どうなるのか。

帰ろうと言う前に、まず仲良くなる必要があった。

私は彼女と一緒に寝た。できるだけ彼女の要求に従った。

寝る前に、背中を撫でてほしいと言うので、撫でてあげた。次にお腹を撫でてほしいと言うので、また撫でてあげた。次に足、次に腕、次に手、次に額、次に鼻……次から次へ、本当に困ったが、仕方なくやってあげた。

ご飯の時、一口の粥も、まず飛行機のように食卓をひとまわりしてからやっと食べる。さもなければ、口を開けない。最初は食卓の周りを飛び回るだけだった。そのうち、満足できなくなって、今度は部屋中を飛び回った。こうして、一口食べさせるのに、私は後をついて部屋中走らなければならなかった。この子は本当に人が血を吐くまで困らせる子だ。

夫の仲良くなる戦略もすごかった。アイスクリームを買ってあげるからと騙して、外へ連れて行った。竹車を押して行った。最初はよかったが、アイスクリームを半分食べたら、もう家に帰りたいと泣き出した。車に癇癪を起こして、アイスクリームが顔中、体中についた。夫は仕方なく、片手にアイスクリームがあちこちについた彼女をかかえて、片手で車を押して、帰り道を走った。こんな状況は世の父親なら誰でもよくわかるだろう。

北京を出てから、大玉はずっと泣き続けた。列車の客はみんな彼女の泣き声に悩まされて、眠れなかった。仕方なく、私は大玉を抱いて、列車の連結部に立っていた。彼女は泣きながら、私を叩いた。

私はこの子を、どうしたらいいのか、本当にわからなくなった。

西安に帰った後、私は一ヶ月の休暇を取った。毎日専ら彼女と遊んだ。お金を入れると動く木馬に乗ったり、滑り台を滑ったり、象を見たり、ブランコに乗ったりして、私はもうくたくたに疲れ果てた。

大玉は私に黙って、隣の人に「二角貸して」とお願いしに行った。隣の人が何のためにお金を借りるのかと聞くと、汽車の切符を買うからと言った。北京に帰りたいのだ。彼女は北海公園もないぼろぼろの家に住みたくないのだ。

まったく。私は西安で彼女のために、手品はできても、北海公園は作り出せない。大玉は西安での生活が不愉快だった。父親を同じベッドに寝させなかった。新聞紙を床に敷いて、そこに寝てと父親に言った。床が冷たいよと言うと、「じゃ、二枚敷いて」と言った。毎晩、彼女が寝てから、やっと夫は寝られる。もし彼女が気付いたら、また一晩中泣きどおしだ。

ある日、寝る前に、大玉は私に布団の中にうんこしてもいいかと聞いた。

私は冗談だと思って笑い、「どこにしてもいいよ。屋根でしてもかまわないよ。できるもんならね」と言った。

翌朝、彼女を起こした時、大玉は「待って、まだ終わってないよ」と言った。

私は「何が終わらないの？」と聞いた。

「うんこ」

ああ、しまった。布団を引っくり返して見ると、ああ！　なんと暖かいうんこだ。私は手を上げ叩こうと思ったが、ああどこも叩けない。お尻、体中、全部うんこがついてる……大変だ。こんな状況は私にとって初めてだった。どこから始めたらいいのか。とにかく、大玉をうんこのところから引っ張ってきて、ズボンを履かないままで椅子に立たせてから、すぐにお湯を沸かした。寒い冬にぼろぼろの平屋でお風呂に入れた。大玉は寒くて震えた。お湯を何回換えても、臭いが消えなかった。私は歯ぎしりをして怒った。彼女を洗った後、シーツを洗った。毛布や布団を換えて、全部きれいにしてから、やっと、きっちりと彼女を叩いた。

大玉が叩かれたのはあの時が初めてだ。豚を殺す時のように大声で泣いた。北京ではこんな仕打ちを受けたことがなかった。

私も初めて人を叩いた。叩けば叩くほど、怒りはますます膨れ上がる。そして終わったら後悔する。

注

①下放　文革中に知識分子が農村や工場などに行って一定の期間鍛錬させられること。
②牌坊・牌楼　街の重要な地点や名勝地などに建てられた装飾・祝賀・記念用の屋根付きの門のような形の建物
③寰海尊親　世の中においては親を尊敬すべきであるということ。
④十地圓通　四方八方に通じる。
⑤杜冷丁　鎮痛剤の一種。麻薬にも使われる。
⑥旗人　清朝では、全満清族を旗色によって八つ（八旗）に分けた。その旗に属する者を旗人という。一般には満清族を指す。

3　子育ては大変

大玉はピカピカの一年生になった。新しい教科書、ノート、筆箱、全て新品だ。学校に通うということが、人生の大きな経験として、記念として彼女の思い出に残るはずだ。

初登校は、一生忘れられない出来事だ。

私自身もたくさんの情景を今でもはっきり思い出すことができる。

私が使っていたカバンは母が白い花もようの赤い布を二尺買ってきて、縫ってくれたものだ。初めての筆箱には「木蘭《ムーラン》が軍隊に行く」という話の絵がかいてある。それは姉がくれたものだ。初めての石盤は自分で文具屋で選んだものだ……。あのごく普通の品々が、私にとってはどれも非常に荘厳かつ神聖なものだった。

私の小学校は北京の方家《ほうけ》胡同小学校である。古い学校で、有名な作家老舎《ろうしゃ》が校長先生を務めたこともある。学校の東側は女子第二中学校で、向かいは第二中学校（夫の母校である）、北側は有名な国士監だった。方家胡同小学校は教育に対しては大変厳しくて、とてもいい学校だった。両親がこの学校を選んでくれたのは、多分学校の歴史の古さと教育の厳しさによるものだろう。

学校が始まる前、七兄はいつもの変な声で私に「ハハ、おまえはもうすぐ学校に入るんだよ、入学だよ」と言った。

彼の言いたいことはわかり切っている。学校に入ったら、まるで馬におもがいをつけ、牛に軛《くびき》をつけるのと同じように、おとなしくするように管理され、自由がなくなり、もう水溜りで泳ぐことも、屋根の上で遊ぶこともできなくなるということだ。その後、私は学校に入ると、少しは責任を負わなければならないこと、まじめに人生の道を歩かなければならないことを学んだ。

最初の日は、母が送ってくれた。母と私は手をつないで、一緒に長い胡同を歩いた。私は学校に行く最初の日に、なぜ送ってもらわなければならないのかよくわからなかった。だが母はどうしても送りたがった。学校の入り口に着いた時、やっと母の手が離れた。私は教室へ歩きながら、時々振り返って母を見た。旗袍《チーパオ》（チャイナドレス）を着ている母は、朝日の下で私に手を振って、一人で入るように励ましてくれた。

美しくて、素晴らしいシーンが永遠の一瞬になり、私の心に深く刻まれている。

今日、我が子も一年生になり、私も彼女と手をつないで学校へ行く。私自身の経験があるから、このような時を大切にしたい。彼女が将来思い出す時、自分の母親が綺麗な人だったと思ってもらえるように、私はかなり盛装した。

大玉は私のそばを歩き、真剣に大きな揚げパン（油条《ヨウティアオ》）をかじっていた。手と口は油だらけだった。朝ご飯はすでに食べていたが、菓子の露天商を通りかかったとき、また、食べたいとすねたのだ。仕方なく買ってやった。大玉は歩きながら、食べていた。みっともないったらなかった。

「文具は全部もってる？」と聞いた。

「ん、持ってる」

私は大玉のズボンを上に引っ張った。もう七歳になったのに、自立心があまりなかった。自分でズボンの紐も、靴紐も結べなかった。しかも緩めのズボンが好きで、その結果しょっちゅうずり落ちる。

「授業の時、先生の話をよく聞くのよ。授業が終わったら、トイレに行ってね」と大玉に言った。

「今トイレに行きたい」と大玉が言った。

「家でしたじゃないの」

「したけど、またしたいの」

私は、すぐあちこちトイレを探した。そのうちに大玉は焦り出して、探している間中ずっと足踏みをしていた。まるで、おしっこがすぐにもれそうだった。私は大玉よりさらに焦って汗びっしょりになった。

「学校まで我慢できる？　学校には必ずトイレがあるから」

大玉はちょっと考えて、「いいよ」と言って、また揚げパンを食べ始めた。しばらく歩くと、道のそばにトイレがある。

「さあ、早く行って」

「もう行かない」

全く、彼女のお腹にある尿はどこへいってしまったのやら。

ちょっと腹が立った。

学校の入り口に着いた、つまり、学校へ通う一番最初の記憶の時だった。そばの我が子を見て、少し荘厳かつ厳粛な気持ちになった。何か言おうと思ったが、油だらけの口と手、そして揚げパンを見て、何か違うと思った。昔の母と私の雰囲気と感覚は全く見つからなかった。

親が送って来た子も、送って来なかった子もみんな学校に入った。私はしゃがんで、大玉のカバンをきちんと整えて、またズボンを引っ張りあげて、トイレの話は避けた。そして大玉の手から揚げパンを取った。彼女も飽きたのかすぐ私に渡した。ハンカチがポケットにあると言おうとする前に、もう当たり前のように、服で拭いた。買ってきたばかりの新しい服なのに。この服があまり気に入らないのだろうか。

彼女を校門に押しやると、他の児童の中に混じって、ずっと校門で立っていた私を全然振り向きもしないまま、中に入って行った。

私はちょっと寂しかった。

これもまた一つの入学の風景だ。

家に帰ると、大玉が文具用品を全部持ったと言ったのは全くのうそだということがわかった。鉄腕アトムの絵がついた新しい二段の筆箱は寂しそうに机の下にある。拾って、開けてみると、中の消しゴムは小さく切られて、鉛筆は芯がなかった……。

鉛筆を持っていない新入生が授業に出てどうなったのか想像もつかない。

大玉の記憶の中には、私が初めて学校に上がった時のような新鮮さ、爽やかさと喜びの中のかすかな寂しさは絶対にないと思う。

時代が移り変わるにつれて、人間の感情も段々粗っぽくなったのだろうか。

〈顧大玉〉　私は確かに初めて学校に上がった時のことを思い出せない。私には文学の細胞がないから、当然母さんのような繊細な気持ちも、優れた記憶力もない。誰でも文学者になれる訳ではないのだから、母さんは自分と同じように人に要求してはいけないと思う。私たちの時代は、保育園から、学校に上がる予備クラスまで、一歩一歩上がっていく。小学校に上がっても、別に予備クラスと特別な違いはない。ただ先生が違うだけなのに、そんなに大げさにする必要があるというのか。母さんは何でも大げさにするし、また何でもその意味、意義を考える。それは母さんの時代の人間の問題だと思う。生活は生活にすぎないのだから、そんな余計なことを考える必要はない。

大玉のおじいちゃんが定年退職になり、太原《たいげん》から来て私たちと一緒に住むことになった。おじいちゃんは今年もう九十四歳、河北省《かほくしょう》の出身で、明るくて楽天的な老人だ。九十四歳には見えないほど元気で、かくしゃくとしていて、頑固で、我が家の経済の実権を握っている。ガスを替えたり、食料を買ったりするのは全部おじいちゃんの仕事だ。

会計専門のおじいちゃんは一流の家計管理者だ。ソロバンをパチパチはじく早さと正確さは、誰もかなわない。太原市のコンクールで優勝したこともある。こんなおじいちゃんが私の代わりに家計を管理してくれるのは大助かりだ。

八〇年代に、大玉とおじいちゃんは初めて西安で会った。二人はもっと早く知りあえばよかったとでもいうように、すぐベタベタと仲良くなった。

大玉は学校から帰って、共同住宅の昇降口に入ると、すぐ「おじいちゃん！」と叫んだ。そして、一階から五階まで、ずっと叫び続けた。おじいちゃんは玄関を開けて待っていた。孫は家に入ると、物をほうり投げながら家中を駆け抜ける。玄関でカバン、廊下で帽子と手袋、部屋の入り口でコートをほうり投げる。自分の部屋に入ると、何もない小人みたいだ。そして、カバンや帽子などは、おじいちゃんが一つずつ、使用人みたいに一言も文句を言わずに拾う。私は何回も「そんなことをしたらだめよ」と言ったが、二人とも聞こうともしなかった。学校から帰った大玉は宿題もせず、すぐおじいちゃんの足に乗っかって、ゆらゆらしてもらう。これを「大馬に乗る」と名づけた。このように「大馬に乗る」と百回以上揺らす。もし騎手の気分がよければ、それ以上だ。この「大馬に乗る」遊びは一日三、四回で、大玉が小学校を卒業するまでずっと続いた。

ある日、おじいちゃんと大玉が部屋で遊ぶ様子を見た。孫は、お尻にオンドル用の箒を挟んで、ピョンピョン跳ねた。おじいちゃんは両手を上げて、後ろをついて走った。しばらくして、孫が鼻をつまんで「おい、アトム!」と叫んだ。おじいちゃんも何度も甘ったれた声で「はい!」と返事した。次におじいちゃんは「うさぎちゃん!」と呼びかける。「はい!」と大玉も返事をする。本当におかしな光景だった。おじいちゃんはロボット、アトムになりきって、もうおじいちゃんではなかった。

〈顧大玉〉　おじいちゃんのことばかり言わないで、自分のことも見なさいよ。母さんが大熊の格好をした写真をこの本の表紙に載せて、みんなが母さんの格好を見たらいいのに。

おじいちゃんは孫をとても可愛がった。孫のために何でもやってあげたので、大玉が大きくなってからは、かえって敵同士のようになってしまった。互いに話を聞かない、話さないという状況になり、一日に十三の詩を作って互いを攻撃するまでになった。

愛が深すぎると、恨みはそれ以上だという話も間違いではない。

真の「八旗の子供」と言えば、大玉をはじめとする一人っ子がぴったりだ。何もせず、苦労を知らず、ハングリー精神がなく、志もない。

〈顧大玉〉　これは若者に対する攻撃だ。偏見だ。子供のころはちょっと「八旗の子供」の傾向があったかもしれないが、それには親の責任も免れない。大きくなってからは、新しい問題に出会って、新しいことをいろいろ学んで、社会に適応できる人間になった。忘れないでほしい。中国の将来は私たちが担わなければならないのだから。

我が家には「三娘教子《さんにょうきょうし》」[2]というテープがある。これは京劇の『三娘教子』ではなく、我が家独特の「三娘教子」である。それは私が大玉を叱る時に気付かないうちに録ったものだ。その時、私は張明敏《ちょうめいびん》の歌を録音していた。そして突然思い出した。そういえば学校が始まってもう一週間も過ぎたのに、大玉が宿題をするのを見たことが全然ないと。そこで、すぐ大玉の国語の教科書を出して、一ページ目の拼音字母[3]のaを読ませたが、読めない。その次のa, e, i, u, üを聞いてもわからない。私は怒った。

「何をしに学校に行ってるの！」

大玉はぼーっとして私を見た。その様子はまるで、「そうだね、何のために行ってるの？」と私にきいているようだった。

大変な事態だ。すぐラジオを消して（が、テープレコーダーを消すのを忘れていた）、すぐ大玉の補習をした。何と彼女は字母がわからないだけではなく、四声[4]もわからなかった。一番簡単なａの四声を発音させても、「あ・・・あ・・・あ・・・あ・・・」とめちゃくちゃな発音だった。何回教えても、覚えられなかった。私は腹が立って、机を叩いて「おまえは本当に中国人なの？」と叫んだ。

大玉はしくしく泣いた。「中国語は話せるけど、四声はわからない」と泣きながら言った。

「わからなくても言いなさい。私について読みなさい。一つ間違えたら、一回叩くからね」

彼女は涙声で、おそるおそる発音した。勿論間違いが多くて、正しいのは少なかった。

「パンパン！」と何回も叩いて、私の手も痛くなった。

「もうだめだ。おまえを叩いたら、手が痛くなった」

「物差しを使ったら？」と彼女が言った。

「おまえの物差しが折れたら、また新しいのを買わなくちゃならないじゃないの！」

「もう折れた」と言った。

「このwoの発音はどうしていつも〝餓《ウー》、餓《ウー》〟と発音するの？」と聞いた。

「先生が教えたよ」

「おまえの変な先生はきっと陝西省《せんせいしょう》の人だ。〝我《ウォー》〟を〝餓《ウー》〟と言うなんて。校長先生に言って、この陝西省の先生を替えてもらわなくちゃ。生徒によくない」と言った。

「先生は山東《さんとう》の人だよ」

「山東も同じだ。五十歩百歩だ」

「お母さんのお母さんも山東の人よ」と大玉が言った。

「私のお母さんはおまえのおばあちゃんよ。でも今はおばあちゃんのことはいいの。私たち葉家の人間はみんなeが言えるのに、おまえたち顧家の人間はできない」と言った。

「そう。おじいちゃんもeが言えない。おじいちゃんはeをneと言うね」

私は教えながら叱った。しまいに、叱るばかりになった。大玉も泣くのを忘れ、積極的に言い返し、根も葉もないことを勝手に言った。しまいに私は誰も彼も叱った。彼女の父親、河北と山東、そして陝西省の友人親戚までも叱った。叱る言葉は全て即興的なものだった。しかも微に入り細を穿っていた。当時、私はまだ文学に手を染めていなかった。後でこのテープを聞いて書き出したら、下書きがないのに、素晴らしい漫才の脚本みたいだった。

叱った結末は、鍋の変な音と私の慌てた声だった。

「ああ、しまった。肉の煮込みが黒こげになってしまったよ。お前のせいだ」

ある年、姉が西安の家に泊まって、掃除をしてくれた時、このテープが見つかった。姉はちょっと聞くと、お腹が痛くなるほど大笑いした。

「これはまるで現代版の『三娘教子』だよ。作ろうと思ったってできない傑作だ。今どきの寸劇や漫才だって、全くあなたと大玉ちゃんの言い合いにはかなわないよ。これを侯耀文《こうようぶん》、侯耀華《こうようか》兄弟に送ってあげたら、中国の漫才界に役立つよ」と提案した。

「だめ、これはプライバシーよ」と私は言った。

大玉も「だめ、だめ」と言った。

友だちが家に来ると、みんなこの「三娘教子」のテープを聞きたがる。

「これは流行歌より面白いからね」

このテープのことを知らない友だちが来た時、大玉は自分からこのテープを推薦した。

最初は別に構わないと思ったが、何回も薦めるので、ちょっと大玉は変なのではないかと心配になった。何しろ、このテープは彼女の古傷を暴露したものなのだ。恥ずかしくないのだろうか。「恥をさらすことは勇気がいる」。古い言い方だが、幼い大玉にわかるだろうか。

〈顧大玉〉　人に聞かせる勇気があるのは、本当に勇気があり、寛大であるという証拠だ。素晴らしい境地だ。それにみんなそれを聞いてとても喜んだでしょう。みんなが喜ぶなら、少しくらいの犠牲など大したことではない。

私は子供の考えについて、いつも受け入れることしかできない、受身の立場にある。彼らが何をしようとしているのか、何ができるのかなど、全く想像できない。しかし、彼らは子猫や子犬でもないし、いいにしろ、悪いにしろ、きっと彼らなりの論理、考えがあるのだろう。いいことや悪いことに対する態度は、親によって違う。この点で私がいい親ではないことは認める。私が単純で荒っぽいものだから、次々に起こる「悪いこと」の原因になった。私がきちんと弁証法をマスターしていないからかもしれない。或いは子供のやり方に理解が足りないのかもしれない。それにしたって、いくつかの事件は、いまだに許せない。

例えばこんなことがあった。私が転勤になった新聞社の編集部に薛《せつ》さんという同僚がいた。薛さんの息子と大玉は同い年ぐらいだった。ある日、薛さんは息子を一人で事務室で宿題をさせていた。取材に出かける時、ドアにカギをかけた。息子さんは父親が出かけるやいなや、すぐに怖いものなしに、無茶なことをやり放題にした。そのうち、ごみ箱の紙に火をつけた。みんなが廊下で薛さんの事務室から煙と火が出ているのを見て、大変だと思いドアを一生懸命叩いたが、息子は頑として開けなかった。その時、ちょうど薛さんが帰ってきた。ドアを開けて、息子が洗面器の水で消火しているのを見た。私は事務室の滅茶苦茶な様子と、何事もなかったかのように水浸しの事務室に立っているその息子を見て、本当に腹が立って、すぐにでも一発見舞おうと思った。しかし、薛さんはなんと息子さんを軽く叩いたり、誉めたりした。

「みんな見てください。うちの子は幼いのに、なんて賢いのでしょう。大変なことが起こっても、落ち着いて、洗面器の水で火を消すということを知っているんですよ」とみんなに言った。

薛さんの子供に対する態度に、私は反省させられた。私も違う角度からうちのあの大玉を見なきゃ。薛さんの息子は火をつけても怒られなかった。そして父親は彼のいい所を見出した。

我が家の大玉は四声が上手く言えないだけで、叩かれるとは何と不公平なことか。

「私は大玉にやさしくしないといけない。絶対に」

その日、帰りのバスで、私はずっとそう考えていた。

しかし、家のドアを開けると、ああ、今まで考えたことは全部どこかに飛んで行った。部屋の様子を見て、「不公平」だという考えもなくなった。

――私のデスクのへりが小刀で削られていた。新しく塗った壁が滅茶苦茶に落書きされていた。

今日は土曜日で、午後は授業がなかったので、おてんばや腕白を家に呼んで、自習させた。その午後の自習の結果、私の四角いデスクは丸くなり、デスクのガラスの半分には赤いインクがこぼれた。薛さんの息子さんは水で火を消したが、娘はインクを拭くのに紙を使った。その紙は当然その場しのぎの応急手当だ。そして、デスクの上の私が書いたばかりの小説の原稿が犠牲になった。その原稿用紙はインクに染まって、色鮮やかになった。そこまではまだしも、彼女の奇想天外なことといったら、さらに残りのインクを全部ガラス板に倒して、紙を赤く染めた。そのびしょびしょの赤い紙を置く場所がないので、壁に貼った……のである。

〈顧大玉〉　テレビで紙造りの番組を見たことがある。紙を壁に干すのよ。だから、あの赤い紙は絶対に適当に貼ったものではないのよ。

悲惨なデスク、派手な壁、もう元に戻らない原稿を見て、怒り心頭火山のように爆発した。

叩かないと気が済まない。絶対に叩く！

大玉はもちろん泣き出した。おじいちゃんはもちろん助けに来た。

私は腹が立って仕方がなく大声で彼女に言った。「机と壁を弁償しなさい」。

大玉は「机は私が大きくなったらお金を稼いで新しいのを買ってあげる」。

「じゃ、壁は？　原稿は？」

大玉は目をパチパチさせて私を見るだけで、返事はなかった。

二日後、友だちが輸入品の修正液をくれた。私はそれを全部壁に塗った。もちろん、修正液は少ししかなかった。赤い跡がピカソの絵ほど派手ではなくなったが、怖そうな何者かがきばをむきだし爪をふるった跡のようになった。

二十年後、陝西省の秦嶺《しんれい》の仏坪《ぶつへい》という小さな町に、ある学校の黄文慶《こうぶんけい》という若い先生を訪ねた。その訪問は私に大きなショックを与えた。この田舎の先生は何と開放的な教育者なのだ！　彼は家の白い壁を自分の娘に好きなように描かせた。あの山の中の娘さんが壁の前でどんなにのびのびと自由に絵を描いていたかにびっくりさせられた。更に、黄文慶のその教育方法は私の視野を大きく広げてくれた。あの壁に描かれた絵を見て、私は再び自分の誤りを悟った。都会出身の私は、田舎出身の学校の先生と、見識の深さも、心の広さも比べ物にならない。

大玉は母が私では幸運とは言えない。

〈顧大玉〉　母さんはしょっちゅう私を叩いたり、叱ったりして、白い壁も作ってくれなかったけど、私はやはり母さんが大好きだ。母さんの娘でいられて、とても幸運だと思うわ。これは今の考えだけど。小さい時は、母さんは私に厳しすぎて、要求が高すぎて、いつも私が嫌がることをさせた。例えば、ボタンをはめることや、ピアノを習うこと、英語クラスに行くことなど……。私はそうしたことができなかった。すると母さんはすぐ怒った。すぐ私の頭が悪い、向上心がないと言った。母さんの目に私は情けない子、いたずら好きな悪い子だった。私がどんなことをしても、母さんは全然誉めてくれなかったから、とても悲しかった。私は北京に帰ろうと決心した。伯母さんの所に行こうと。伯母さんと従兄たちは母さんより私を大事にしてくれる。少なくとも、私が嫌なことはさせない。

怠けたい、楽をしたい、これは人間の弱点だ。子供の弱点ともいえる。人は生きていくためには、自分に負けないように、運命と戦わなければならない。大人にはよくわかるが、子供はそうはいかない。彼らは大人の苦労を余計なものだと思う。それは本当は間違いだ。大人は本当に悔しい。妹も子育てで私と同じ悩みを抱えている。妹は手紙に悲しそうにこう書いた。

「私たち一族の女性は子供を教育する時、いつも同じ問題を抱えている。昔、西太后《せいたいごう》が自分の息子の同治《どうち》、光緒《こうちょ》に対して、どんなに厳しかったか、どんなに冷酷だったか。今、私にも子供ができて、やっとあのおばあさんの心と辛さがわかる」

全く私も妹と同感だ。西太后は子供の教育に当たって、極めて冷静だった。彼女は子供を愛していないのではなかった。その愛が難しすぎたのだ。彼女の子供は国そのもの、清王朝である。しかし、その子供がどんなに情けなく、弱かったか……。西太后は子供の不幸を悲しんでいたのではなくて、その情けなさを悲しんでいたのだ。

私たちの時代になると、怒るばかりにもいかなくなった。小さい子供でも、考え方や知恵は私たちより豊かで活発だからだ。

一人っ子の大玉たちは、一人っ子の同治、光緒たちと共通の弱点がある。

小学二年の時、大玉は私が厳しくしすぎたせいで、家出をした。その時、夫は雲南省《うんなんしょう》に出張中だったので、家には私とおじいちゃんと二人だけだった。

仕事から帰って来た時、大玉が見当たらなかった。学校に探しに行ったが、誰もいなかった。クラスの友だちの家に聞きに行くと、「大玉ちゃんは今日は学校に来なかったよ」と言った。

ことの大変さに気が付き、すぐ出張先にいる夫に電話をして、早く帰ってくるよう頼んだ。それから、夫の大学の同僚と私の新聞社の同僚にお願いして、みんなで手分けしてあちこち探しに行った。交番にも届けた。テレビに人探しのお願いもした。やることはやった。

大玉は一晩帰ってこなかった。

私たちは一晩中眠れなかった。

九歳の子供がどこに行けるの？

私は火事を出した時のように焦った。おじいちゃんはもっと心配した。一晩だけで、口内炎ができた。大玉はおじいちゃんが昼寝をしている時にこっそり家出をしたので、おじいちゃんが一番申し訳ないと思っていた。孫がいなくなったのは自分のせいで、息子と嫁にどう言えばいいかわからなかったのだ。私は大玉を探すと同時に、おじいちゃんも慰めなければならなかった。

テレビの上に大玉が残していったメモに気がついた。

「私は行きます。探さないで」

誘拐ではなく、家出だった。すぐ家の中を探した。大玉の好きな服が全部なくなっていた。おじいちゃんも引き出しの中の一ヶ月分の生活費がなくなっているのがわかった。

同僚はみんな手がかりがないと言いに来て、「あなた子供を叱ったり叩いたりしたんじゃないの？」と私に聞いた。

それは無実だ。大玉はもうずいぶんしばらく叩かれていなかった。叱られたこともなかった。どうして？

学校の先生が知らせに来た。クラスの沈麗《しんれい》という子もいなくなった。沈麗は大玉とよく遊んでいたので、一緒に家出をした可能性が高い。

私は沈麗の家に行って、一緒に相談しようと思ったが、彼女のお母さんはもうショックでベッドに倒れていた。沈家の親戚や友人がみんな来ていた。家中人で一杯だった。私が来ると、みんないい顔をしなかった。まるで私が沈麗を誘拐したみたいだ。誰かが私を指して「うちの麗ちゃんはもともといい子で、臆病だったのに、あなたの子に影響されたのよ。もし何かあったら、責任をとってもらうからね」と言った。麗ちゃんのお母さんは泣いていた。あの悲しい目を見る勇気が私にはなかった。みんなの責める声に、私は一言も言えずに出てきた。その後、沈家の人は子供を探すための車代を私が出すべきだと言って、私に金を出させた。私は払ったが、なんとなく情けなく感じた。大玉のやり方には本当にまいった。

沈家の私に対する態度はよくわかる。それなら、誰が私を理解してくれるの、誰が私の立場を考えてくれるの？

三日目、夫の同僚で、交通大学の常秉哲《じょうへいてつ》教授が駅で大玉を捕まえて、家に連れて帰ってきた。許振凱《きょしんがい》教授が家で大玉を説得することになった。一流国立大学の教授たち、毎日エリートたちとつきあっている教師が、このいたずらっ子に直面し、手を焼いて、困るのが想像できた。

教授たちが私に要求したことは、帰ってきた大玉を叩くことも叱ることもしないで、ゆっくり話すこと。

私は全部承諾した。とにかく、叩かない。叱らない。

逃亡者が家に入って来ると、その格好を見て、私はもう少しで気絶するところだった。大玉は体中におもちゃのネックレスやブレスレットなどをつけて、顔は赤、白、黒などにけばけばしく塗ってあった。子供ではなく、まるでお化けみたいだった。

私は我慢して、彼女の顔を洗った。

彼女は最初のうち少し怖がっていて、何も言わなかったが、私が叱らないのを見て、ほっとして、緊張を解いた。

夜、寝る頃になると、大玉はちょっと得意そうな態度になり、この家出という方法は効果があると思ったようだ。少なくとも母親の私を抑え込んだ。こんなことがあっても、叩かれなくて済んだのを、彼女も意外に思っただろう。

あの晩、私は落ち着いて彼女にいろいろな話や、家出の危険性を話した。彼女は全部わかったような、あるいは全然わかっていないような様子だった。目を丸くして、私を見ていたが、聞いているのかどうかさっぱりわからなかった。

大玉が寝た後、私は電気をつけて、彼女が買って来たものを調べた。ビーズのネックレスや偽瑪瑙《にせめのう》の指輪、パウダーや口紅や眉墨に、いろいろなおやつ……。みんな我が家の生活費で買ったものだ。

彼女がきれいになりたいと思っていることがわかった。これは天性だ。しかし、大玉の美的感覚はちょっとレベルが低いようだ。一晩考えて、いいアイデアが浮かんだ。

このアイデアは昔母が私にハンコを押したのにも負けない。

翌朝、大玉に「今日は学校に行かなくてもいいよ」と言った。

「行かないの？　どうするの？」

「公園と遊園地に行こう」

「やった！」大玉の目は即座に興奮と喜びに輝いた。実際、彼女はもう何日も学校をさぼっているのに、授業についていけないことなどまるで心配していなかった。遊びと聞いて、すぐさま喜んだ。このような性格は普通の子供にはありえない。

大玉はあまりにも特別な扱いを受けて、とても喜んだ。

そして、私の指示で、唇を真っ赤に塗って、ほっぺも赤いリンゴみたいに塗った。二つの眉は真っ黒で、パンダみたいに目の回りを青く塗った。首に三つのネックレスを掛け、手にブレスレットと指輪、それから、買って来た飾り物を全部つけた……。

「どんな服を着ようか？」と彼女に聞いた。

「あの黄色の薄手のワンピースがいいな」

彼女はそれを着た。

おじいちゃんはそばで見ていて、変に思ったらしい。「どういうつもりなんだい。なぜ学校に行かせないんだい？」と私に聞いた。

「私たちは公園に行くのよ」と大玉は私の代わりに答えた。

おじいちゃんは首を振って、溜息をつきながら、自分の部屋に入って、ドアを閉めた。

大玉の背を押しながら、出かけた。ちょっと歩くと、彼女はしまったと感じたようだった。十月なので、そんなに寒くはないが、それでも薄手のスカートはピューピュー吹く冷たい風には到底かなわない。

大玉は振り返って私を見た。

「綺麗になりたいなら、頑張ろうね。そうでしょう」と彼女に言った。

彼女は何も言わず、ずっと公園の方へ走って行った。

休みではないので、公園には人があまりなかった。大玉は全ての遊具で一通り遊んだ。

次の遊具に行く度に、その遊具の係り員たちは不思議に思ったようだ。

「この子はどうしたの？」

「どうしてこんな格好しているの、おかしいよ」

「小さな鬼みたい」

「今の子供は、ああ……」

みんな頭を振った。大玉は自分の美しさへの自信がぐらついた。

「帰ろう！」と彼女が言いに来た。

「まだ早いよ、午後もあるよ」

「午後は学校に行く」

その時以来大人になった今でも、大玉はあまり化粧をしない。女の子の中にいても、
とても素朴で、化粧っ気がない。先月、日本の山口で、当地の財団と留学生の交流会の

司会を務めることになっていたので、少し化粧したらとすすめたが、彼女はやはりしなかった。

「自然の美しさのほうがいい。学生なのだから、青春の美しさが一番だ」と言った。この子はずいぶん成長した。少なくとも美しさに対する考え方は成長したし、鑑識眼もある。

〈顧大玉〉　母さんの意地悪に私は賛成できない。母さんの教育で、私の美しさに対する考えが成長したと言うが、それは全く違う。あの時の母さんの意地悪は本当に失敗だったのよ。母さんは得意そうにその経験を読者のみなさんに披露するけど、そのやり方は、昔おばあさんが母さんに判子を押したのとは比べ物にならない。私はその時、「自尊心」とは何かあまりわからなかった。もし今なら、私は絶対に従わなかった。とにかく、私は自分の子供にわからせるのに絶対にこんなやり方はしない。

〈顧明耀〉　学生や子供を教育する時、からかったり風刺したりする方法は絶対にいけない。教育者は誠心誠意で人に接するべきだ。まず、相手を尊重しなければならない。からかったり風刺したりすると、その結果、学生は教育者の意地悪さ、誠意のなさを感じ、教育者が自分をちっとも尊重せず、ただからかったり、いじめたりするだけなのだと思ってしまう。

こんな話を聞いたことがある。ある先生が授業の時、勉強があまりできない学生に質問をした。学生は「わからない」と言った。先生は本当はこの学生がわからないと知っているにもかかわらず、「そんなに謙虚にならなくてもいいから、答えなさい」とからかった。クラスのみんなは大笑いした。そして、その学生は成績が益々悪くなった。

「三娘教子」から見ると、この先生のやり方だって葉広芩と比較したら、まだおとなしい方だ。「やり方」が違ったので、「反抗」の差ももちろん大きかった。大玉の反抗程度はいうまでもない。彼女の大きな弱点は向上心がないことだった。これは普通の子供にもよくある弱点だ。向上心のなさも彼女の反抗の方法の一つかもしれない。もし本当にそうだったら、親の責任は免れない。大玉の向上心がないという欠点は、少なくとも、親が助長したものだ。

広芩は医学を勉強したことがある。病院に十何年間か勤めた。だから大玉のような場合、どう治療するか、百も承知のはずだ。それなのに、広芩のやり方は極端だ。何度も荒療治で教育しようとした。ある年、私は足の介癬がひどくて痒くてたまらなかった。毎日薬を替えても、効果があまり上がらなかった。広芩は「荒療治」を考えた。「裸足」で熱い砂の上を三日間歩くといいよ」。夏休みの炎天下、私は裸足で大学のグラウンドの砂場を歩いた。半日足らずでばい菌が入って足指が腫れた。痒みは止まったが、痛みが堪らなかった。荒療治の結果を見ても、広苓は全然目が覚めなかった。私の足がまだ治ってない時、彼女はまた、姪の葉昕《ようきん》にも荒療治で対処した。葉昕は広苓の七兄の娘で、いり玉子が好きだった。いり玉子があると、みんなを待たないで、自分ひとりで食べてしまう。広苓は彼女に「同じものばかり食べていると栄養のバランスが悪くて、体によくないよ」と言った。

「テーブルの料理はみんなが食べるものよ。自分だけで食べるのは失礼よ」と諭すのでなく、荒療治を始めたのだ。彼女は一度に何個ものいり玉子を作った。そして、無理やり葉昕に食べさせた。葉昕は全部食べたが、それ以来、もういり玉子を食べたくなくなった。話によると、母親になった今でも、彼女はいり玉子を見た途端に、気持ちが悪くなるそうだ。これは広苓の荒療治の結果だ。大玉に厚化粧して、公園をまわらせるのも広苓の意地悪な教育方法だ。大玉が言った通り、その荒療治はやはり失敗だった。大玉に聞いた。「なぜそんなに化粧が好きだったの?」「保育園で歌や踊りをする時、顔にお化粧して、あでやかな服を着て、とてもきれいだったから」と言った。こう考えると、大玉の化粧は、ただ舞台化粧と現実生活の化粧の違いがわからなかっただけだ。彼女にきちんと説明してあげれば、問題はそれほど難しくなかったのに。
広芩の荒療治は全くの失敗だ。病気に対しては効果がないし、考え方や問題認識においては
さらに救いようがない。

注

①油条　小麦粉を練って棒状にし、油であげた中国風の長い揚げパン。朝の軽い食事にする。

②三娘教子　明代の伝説から、小説や劇に編集され、広く伝えられる物語。一家の主人が古里を出て、商売を始めたが、悪人に騙されお金をとられ、さらには亡くなってしまった。一番目と二番目の妻は他人と再婚し、三番目の妻（三娘）が残された一番目の妻の子供を育てることになった。ある日、学校で母なし子といじめられ、帰ってきた。三娘を母と認めないので、三娘は悲しくて、織った布を切って、関係を絶つと言った。子供は三娘の愛情に感動し、発奮して、最後に成功して、三娘に感謝するという話である。

③拼音字母　中国式表音ローマ字。中国語の漢字の発音を表す。日本語のふりがなのようなもの。

④四声　中国語の漢字の発音は母音、子音以外にも、声の高さによって、字や意味を区別する。音の高さ、つまり声調は、一声、二声、三声、四声と四つあるので、四声という。

4　うそ八百

子供はある程度大きくなると、うそやでたらめを言うことがある。自分には知恵があり、考え方も成熟し、大人にも負けないと思って、でたらめやうそを言うのだ。このことについて、何人かの親御さんに相談したことがある。どの子供も、十二歳から十五歳ころまで、よくでたらめなことを言うが、徐々に少なくなり、そのうち言わなくなるようである。

はじめ、私はそういうことをあまりよくわかっていなかった。もしこれが、子供の成長過程でどうしても通らなければならないものであると知っていたならば、冷静に対処できたであろう。そして他にも子供があれば、そんなに深刻にならなかったはずだ。私は母のことを思い出した。母は私たちのうそをあまり厳しく叱らなかった。だからと言って、私たちが大きくなって、うそつきや悪い人間になったわけでもない。

私は子供が誰でも、うそやでたらめなことを言うとはつゆほどにも思わなかった。うそをつくのは大玉だけだと思っていた。親としての経験も浅く、大玉が悪い、それも救いようがないほどに、と端から思い込み、大玉に対して将軍のようにではなく、まるで泥棒やチンピラを相手にする警察のように接した。

今になってやっと間違いに気が付いた。やり直したくても、後の祭りである。

あの時、なぜあんなに厳しくしすぎたのか。なんでもはっきりさせないと気がすまなかったのだろうか。おおらかさが足りなかったのだと思う。

それにしても、大玉のうそは半端ではなかった。私と七兄の想像をはるかに超え、文字通り「うそ八百」なのだった。

ある朝、学校へ行く大玉に、「外は寒いのに、どうしてマフラーをしないの?」とたずねた。

「してるわよ」と大玉は言う。

もちろん彼女の首には何もない。「なにもしていないじゃないの」。

「してるってば!」

「どこにしてるっていうの!」

「私の首よ」

「まったく。いいかげんにしなさい。マフラーをどこでなくしたの」

「首にしてるでしょ。見えないの？」

こんなあどけない顔をしてでたらめを言う子供がいるのかどうか、他の親御さんに聞いたことがないので私にはわからない。

秦《しん》の時代に趙高《ちょうこう》という人が馬を指して「鹿」と言う話があった。それでも鹿はちゃんといたのだ。しかし今日大玉は私に「裸の王様」のように、ないものをでっちあげる芝居をして見せたのだ。

〈顧大玉〉　子供がうそをつくのは、たいてい懲罰から逃げたいからだ。大人にとってはなんでもないことでも、子供にとっては大きな災難である。何とか逃げなくては、と心中は不安でたまらない。結局ことはかえって複雑に、悪くなる。今から思うと、子供のうそはまことにたわいないものだった。

ある日、私が家で原稿を書いている時、大玉が惨めに泣きながら帰ってきた。服は破れ、ボタンはひとつ残らず取れていた。泥だらけで、手に怪我もしていた。

「どうしたの？」

「同じクラスの趙雅《ちょうが》ちゃんに殴られた」

「あんなに小さい趙雅ちゃんがどうやってあなたを殴れるのよ？　すごいじゃない」

「趙雅ちゃんはいつも私をいじめてなぐるの」

「あなたも情けないわね。どうして殴られっぱなしなの？」

「趙雅ちゃんにはかなわない」

子供のけんかに口出ししてはいけない、かかわってはいけない、と思う。子供に任せて、まともに相手にしてはいけない。とはいっても、大玉の惨めな様子を見て、腹が立った。「情けないねえ。外でやられて、うちで泣いてもしかたがないでしょう。できるものならお前も外でやってごらん。服を破って、手で引っかいてごらんよ」

「本当に外でけんかをしてもいいの？」

「いいよ」

「じゃ、けんかしてくる」

「はい、行っといで。ご飯だけは忘れないでね」

大玉は、王様のご命令を頂いたかのように、すぐさま下へ走っていった。私は引き続き原稿を書き、大玉のことはすっかり忘れていた。

〈顧明耀〉　こんな風に子供を教育するのは慎むべきだ。

食事の時間になっても、大玉はまだ戻ってこない。ペンを置いて、突然、さっき大玉に外でけんかするのを許したことを思い出した。ちょっと不安になって、急いで大玉を探しに出かけた。

下に降りると、大玉は子供たちと一緒に遊んでいた。あの趙雅ちゃんもいた。

私は趙雅ちゃんを引っ張ってきて、

「ねえ、どうして大玉の服を破ったの？」とたずねると、趙雅ちゃんは不思議そうな目をして私をじろじろ見て、

「破ってないよ。私が破ったんじゃないよ」と言った。

「破ってなかったら、どうして大玉の服が破れているの？」

傍にいた江煒《こうい》ちゃんは「大玉ちゃんが棚に上ったとき、釘に引っ掛けたんだよ」と言った。

私は大玉を睨んだ。

大玉の目がおどおどと私を見ていた。

「帰りなさい」と私は言った。

階段をちょっと登ると、ボタンが落ちていた。拾って少し登ると、またボタンが落ちていた。間違いなくこれは大玉が、自分をさも惨めに見せるために、わざと引っ張って取ったのだ。

「このボタンはどうして全部取れたの?」

「私が引っ張ったから」

ポロリと真実を言った。

どんな物も大事にしない。物をなくしても捜さない。学校が始まってたったの一週間で、帽子、手袋、マフラー、カバンなど、七つもなくしながら、親にも言わず、まるで、何でもただでもらったかのように平気な顔をしていた。おじいちゃんは大玉のなくしたものを記録していたが、次から次になくすので、追いつかなくなった。「おじいちゃん、もう記録しなくていいですよ、大玉はまるで平気だし、記録しても何の役にも立ちやしない」と言った。

「わしは心が痛むよ」とおじいちゃんは言った。

確かに、新しいマフラーを買うのは簡単だ。けれど、新しいカバンを用意するのはとても手間がかかる。文具から教科書まで揃えるには、二日もかかる。教科書を買うために、何度も教育出版社に足を運んだ。親としてこんなに情けないことはない。しかし、買わないといけないし、どうしようもない。しかし大玉は教科書がないほうがうれしいようだった。まるで、学校に行くのは親のためで、自分とは関係がないとでもいうように。

私の職場に朱文傑《しゅぶんけつ》という作家がいて、息子の話をしてくれた。息子さんは奥さんの実家の四川省にいて、専門学校で勉強しているのだが、お父さんが生活費を送るのが少しでも遅れると、「あいつが俺に金を送ってこないなら、俺はちゃんと勉強してやらない」と言うそうだ。

大玉もそれに似ていなくもない。

学校では書道の授業が増えた。そして、私たちの住宅の一階から五階までの階段に、ありとあらゆる書が現われ、西安の「碑林[1]《ひりん》」にも負けないほどだった。あの頃、テレビでちょうど『水滸伝』を放送していた。私たちの単元[2]の入り口に、大玉が真っ黒な墨で「敢笑黄巣不丈夫」（黄巣が英雄でないと笑う）という詩句を書いた。そしてこれがなんと我が家の目印にまでなったのだ。誰かが訪ねて来る時、職場の同僚が「左に曲がって三十九号棟の『敢笑黄巣不丈夫』と落書きをしてある入り口から上がった所だ」と教えたほどだ。

ある時私は「階段の壁に落書きをしたのは誰?」と訊いたが、彼女はすぐさま否定した。

私たち十世帯の中で小学生がいるのはうちだけなのだ。つまり小学生は大玉ただ一人。大玉でなければ幽霊が書いたのだとでもいうのか。

しかし、大玉は一向に認めない。しかも否認する時、顔色一つ変えず、まるで秘密工作員のような風格があった。残念ながら、生まれる時代を間違えたのだ。

この程度のことならまだいい、私たちの日常生活にあまりたいした影響はなかった。最も悩まされたのは、大玉が口からでまかせを言うことで、これには泣くことも笑うこともできなかった。

ある日、大玉はかばんを背負って学校に行く途中、網を売る若者を見て、なんとその人を「おじいちゃん!」と呼んだ。その若者は大玉が「おじいちゃん」と呼んでも、うれしそうに「はい、何の用?」と返事をした。

「うちのおじいちゃんが、綱を買うって」と言って、住所を教えた。

その若者は天秤棒を担いで五階まで上がってきた。はたして大玉が嘘をついたことがわかると、おじいちゃんに腹を立てた。

「冗談じゃありませんよ。五階ですよ。荷物を担いで一段ずつ上がってきたんだよ。全く！」と言った。

「それはあなたがそうしたかったからでしょう？」とおじいちゃんは言った。

「あなたの家の人が呼んだんですよ」

「呼んだ人に言ってください」

そのとき大玉は、学校で「小さいアヒルががあがあがあ、かばんを背負って学校に行こう……」と歌の練習をしていた。

私はずっと子供には外国語の教育が大切だと思ってきた。社会が開放されればされるほど、外国語はますます重要になる。交通大学付属小学校では、英語の授業が開設されている。学校と保護者の考えが一致しているからだ。

問題は、私が英語について全く門外漢であるということだ。二十六個のアルファベットの読み方さえもわからない。このような状態では、子供の英語教育に力を入れるなど到底無理だった。しかし、私には方法があった。毎朝、大玉にベランダで英語の音読や暗唱をさせたのだ。交通大学には英語のわかる人が大勢いる。教員宿舎の下を行ったり来たりする人は、誰でも英語ができた。たとえば、隣に住んでいる人は博士課程の指導教授である陳聴寛《ちんちょうかん》教授だった。上から下まで監督がいるので、大玉がたとえいい加減に読んでも、すぐばれるから、そんなことをする度胸はないだろうと思っていた。

夜はいつも大玉の英語をチェックした。テキストを持って、習ったところを暗唱させるのである。英語がわからない私だが、大玉の前ではよくできる振りをした。大玉の暗唱はとても流暢だった。暗記をしているとき、しばしば「次のページ！」という中国語が混じることもあったが。

そんな時私はすぐページをめくった。

大玉は馬鹿ではなかった。私が英語がわからないことを知っているようだった。知られてもいい、とにかく監督すればよいと思った。

ある日、キャンパスで自転車をこいでいた夫が、同じく自転車に乗った大玉の英語の先生に出会った。

「顧先生、お嬢さんの英語をしっかり見てあげてくださいよ。今回のテストは二点しか取れませんでしたよ」

「それは先生の仕事ですよ。私の仕事は日本語を教えることです」と返事をした。二人とも自転車から降りず、それぞれの道を行った。そばで聞いていた人は笑っていたそうだ。夫はそのとき、交通大学外国語学部の学部長で、すでに三十年以上外国語を教えていたが、その娘がなんと、英語のテストで二点を取ったのだ。後で友人から、付属小学校の英語のテストは百点満点だということを聞いた。外国語教育の専門家である夫は、

「驚異的だ。外国語の試験で百点満点で二点を取るなど、取ろうと思っても取れるものではない。たとえあてずっぽうでも十点くらいは取れるものだ。どうやったら二点を取れると言うのだろう?」と言った。

家に帰ってきてから、夫はずっと「なぜ二点しか取れなかったのか」について頭を悩ませていた。

「もうそんなことで悩まないで。先生に直接話しましょう。大玉に振り回されるのはもうたくさんですよ」

英語の先生に尋ねてみると、

「大玉ちゃんの英語のテストは白紙でした」と言う。

「どうしてそんな・・・・・・。大玉が毎日英語を勉強するように監視していたのに・・・・・・」

「大玉ちゃんの英語は全然だめです。授業中はいつも武芸小説を読んでいたので、何冊も没収したほどです。お父さんかお母さんに取りに来てもらうように伝えましたが、いらっしゃいませんでしたね」

「大玉はそんなこと一言も言いませんでした。学校で習ったこともちゃんと暗記していましたし・・・・・・」

「ご冗談でしょう。大玉ちゃんは英語がさっぱりわかっていません。今のうちにしっかりやらないと、授業についていけなくなりますよ」

私は訳がわからないまま、家に帰ってきた。大玉に教科書を見せて、どこまで習ったのか指でさしてもらった。その箇所は、きのう暗記したところだった。

「大玉、あなたが言ったこと、ママは信じられないわ。クラスのお友達を呼んで来てちょうだい。確かめますからね」

大玉は趙雅ちゃんを呼んできた。

趙雅ちゃんにきいてみると、大玉と同じところを指さした。私はどうしたらいいのか途方にくれた。

「兵法に詐術はつきもの。これこそ必勝法だ」というわけで、私はかまをかけた。私は真剣な顔で、「もううそはやめにしなさい。ママは学校に行って、先生に全部聞いてきたんだから」。

趙雅ちゃんはこれを聞くと、不安そうな顔になり、大玉をちらっと見て、恐る恐る後ずさりした。はあ、わかった。きっと何かあったに違いない。私は大玉を厳しくにらんだ。

しかし大玉は、平気の平左で、「ここまで習ったのよ」と何食わぬ様子で言った。何回やり取りしても、大玉はなかなか認めようとしなかった。私は木のものさしを取り出して、大声で「手を出しなさい」とどなった。

大玉はパパのものさしを見ると、すぐ大声で泣き出した。まだ叩いた訳でもないのに。趙雅ちゃんも一緒に泣いた。一人の泣き声は高く、もう一人は低かった。まるで汽笛のようだ。私は怒り心頭に発した。

おじいちゃんが来て、「大玉が間違ったら教えてあげればいいじゃないか。どうして叩くんだい？　テストで二点を取ったくらいで」。

救いの星が来て、大玉の泣き声は更に甲高くなった。おじいちゃんは焦って、さっと大玉を引っ張って外へ行った。連れて行きながら、「外国語なんか、私たちは勉強しなくてもいいじゃないか。こんなに怒られて……」と言っているのが聞こえた。

私は大玉がこんな風にして後ろ盾を利用する態度が許せない。大玉はタイミングをつかむのが上手くて、おじいちゃんの心が痛むように仕向け、問題の焦点をすりかえてしまう。そして、自分はうまく逃げてるのだ。おじいちゃんもおじいちゃんで孫にだまされてもかまわない。それどころか子供を教育しようという大事な時に、いつも出てきて、私の邪魔をして、何でも滅茶苦茶にしないではいられないのだ。

しかし、今回はそうはいくものか。わたしはおじいちゃんを無視して、大玉の手を力いっぱい引っ張って、部屋に連れ戻し、ドアを閉めた。おじいちゃんにはそばにいてもらいたくなかった。大玉は頼みの綱がなくなり、弱くなった。趙雅ちゃんも恐くなったらしい。

「大玉ちゃん、言ってしまいなさいよ」。趙雅ちゃんは恐る恐る言った。

大玉はまだ迷っていた。

私はものさしをバシバシ叩いて、脅した。「言うの？　言わないの？」

大玉はやっと「言う、言う」と返事をした。

〈顧大玉〉　どんなことでもお母さんの筆で書かれたら、こんなに生き生きしてくる。まるで敵が革命の士を拷問するみたい。お母さんの筆にかかると、私は革命者ではなく、裏切り者みたいだ。でも、おじいちゃんが言ったことは、間違っていないよ。二点を取ったくらいでこんなに怒るなんて。私が嘘をついたのは確かによくないけど、お母さんは厳格すぎると思う。

事情は次のようなものだった。今学期が始まってまもなく、大玉は英語の教科書をなくしてしまった。これは、出陣の兵士が鉄砲をなくすのと同じだ。聞くだけで恥ずかしくなる。教科書をなくして、大玉は勉強しなくてもよい理由を見つけた。あっさり授業を聞かなくなり、小説を読んだり、絵を描いたりして、自由気儘だった。問題は、家に帰ったら、暗唱をしなければならないことだった。そこで、去年の教科書を出してきて、一生懸命暗唱した。全ては芝居だったのだ。何から何までうそ八百。事が失敗して、露見したとき、仲間の趙雅ちゃんに証言させた。まったく。この趙雅ちゃんまで喜んで大玉の共犯になるだなんて……。

バツが悪そうな趙雅ちゃんを見て、「あなたたちはクラスメートでしょう。友達でしょう。どうして、大玉の勉強を助けてあげないで、うそを手伝うの？　先生とお母さんに言いますからね」

趙雅ちゃんは涙を流した。

「なんで泣くの？　泣けばいい子になるわけじゃない。これから一緒に遊ばないで。もし見かけたら許さないわよ」

そうは言ったものの、実際に子供のことにタッチできるものではない。大玉の大勢の変な友達、この趙雅ちゃん、あの沈麗ちゃん、それから、李虹ちゃん、蔡京ちゃん、誰もが大切な仲間だ。

もう一つ別の話。

夏休みに二百元を払って、大玉を学校の英語補習クラスに行かせた。毎日、大玉はかばんを背負って、学校に行った。遅刻せず、雨にも風にも負けず、まじめに通った。

しょっちゅうかばんを調べたが、いつも中に教科書が入っていた。

ある日、買い物に出かけようと、一階に下りたとたん、ぼんやりしている大玉の姿を見たように思ったが、すぐに見えなくなった。ちょっと変だと思って、学校まで確かめに行った。なんと、クラスには名前があっても、一度も出ていなかった。毎日時間通りに出かけて、友達の家に遊びに行っていたのだ。

私は涙が出るほど腹が立った。この子はどうしてこんなに、こんなも大胆になれるのか。

さすがに、おじいちゃんも怒りまくった。「今日からわしが大玉を学校まで護送する。そして、逃げ出さないように、玄関で待っている」。

「勉強するのに、誰かに護送されてまでしなければならないなんて、この子はもうお終いよ」と私は言った。

「二百元を無駄にしてはいけない。やはり大玉を護送していくよ」

「何が護送ですか。あさってはもう新学期ですよ。補習は終わりです」

「この子はどうしてこんな風になったのかねえ。勉強が負担なのかねえ。大玉の父親は全く違って、全然心配をかけなかったのに。わしだって、学校をサボったことも、うそをついたこともないのに」

「私たちが子供の頃だって、兄弟が多かったけど、母親は勉強のことなど全くかまわなかった。最高の五点を取っても、喜ぶわけでもないし、不合格でも何も言わないし、全ては自覚に任せられた。七兄を除いて、みんな成績は優秀だった。クラスどころか、全校で優等生だった。もし文化大革命がなければ、私は『金賞』をもらえたのに。今は何もかも変わってしまった。やはり問題は、一人っ子なのよ」

「大玉の父親も一人っ子だった。これは一人っ子だからという問題ではない」とおじいちゃんは言った。

大玉が「英語補習クラス」から帰ってきた。何事もなかったかのように、いつもと同じく、私の前で芝居した。大玉が平気でいればいるほど、私は悲しくなった。どうして母親をだますの？

後で、大玉が夏休み中、気が狂ったように遊んだということがわかった。大玉は自分勝手に自由であればあるほど、私の厳しさに不満を抱いた。誰かに入れ知恵されて、私が実の母親ではないかもしれないという疑いまで持ってしまった。私は今でもあの無責任な大人を許さない。物の判断がまだよくできない子供に言うべきことではないのに、私たちの家族にもたらす結果を考えていないのか……。

そんな人間は、心が曇っていて、きわめて悪質だ。

大玉はそのような人にだまされて、初めて家出をした。大玉が北京へ行こうとした理由は、伯母さんに自分の本当の母親が誰なのかを聞きたかったからなのだった。


我が家には、こんなおかしなことも起こった。

私はベッドで寝ていたが、丸々と太った虫が次から次へとベッドの傍から這い上がってきた。これは、一体どうしたことだろう？　私はベッドの下を大掃除した。なんと、ベッドの下はまるでゴミ捨て場だった。食べかけの焼いも、半分かじったりんご、半分残ったみかん、バナナ、ビスケット、お菓子、マントウ、ドライフルーツ、色々なキャンディーの包み紙……。全て、大玉が食べ残したり、食べたくなくてベッドの隙間から落としたものだった。

子供の食べ物については、私はあまり制限しない主義だ。私が大玉と同じ年齢の頃、中国は国中大変な時期で、食糧が足りず、誰もがおなか一杯食べられなかった。そのことを思い出すと、今でもぞっとする。子供はみんなおやつが大好きなのに、その時成長期の私たちは栄養失調でむくみが出ていた。食べるものがなかったのだ。だから、自分の子供には、食べ物のことではできる限り満足させ、つらい思いはさせたくない。大玉が欲しいと言うものは何でも買ってやった。当時夫は仕事で海外に行っており、いつも家には、外国の食べ物が山ほど積んであった。しかし、こんな事態になるとは思いもよらなかった。

家に虫が現れたころ、友達が大玉にお金と食糧配給券を寄付していた。大玉は友達に、毎日食べさせてもらえず、おなかがすいていること、継母《ままはは》が自分に厳しくあたって、虐待されていることなどを訴えた。そのため、みんなが大玉のために、食糧やお金を集めて、マントウ、焼餅などを買って食べさせていたのだ。そのことを教えてくれたのは、一階に住んでいる中学生だった。彼女が教えてくれたとき、私はちょうどベッドの下を掃除していた。彼女はたった今、大玉に四両③の食糧配給券と二角を寄付したが、ちょっと変だと思って、私に教えに来てくれたのだった。

私はぞっとした。手も口も震えた。一言も言えなかった。

自分が生んだ娘、生んだ娘がだ。

大玉を産んだときのつらさを思い出す……。

一体どうして、どうしてこんなことに……。

いつからか、壁が私と子供を隔てた。その後の十年間、私はいつもこのことを思い出した。今思い出しても理解も解釈もできない。

私はもう何も言いたくなかった。おじいちゃんの前でこっそり涙を流した。

おじいちゃんは「こんな試練が与えられたのも、あなたの運命なのだろう」と言った。

私はこれが、自分の運命なのか、大玉のさだめなのかよくわからなかった。

ある日、私は新聞社の文芸部の同僚、薛瑜陽《せつゆよう》さんに、悩みを話した。薛さんは「あなたはこんなことで悩むことはないよ。まだいいほうだよ。あなたを継母と言うだけでしょう。たいしたことではない。それに、継母かどうかは、大玉ちゃんに言われたからどうということでもないし。私に比べれば、十分幸せですよ」と言った。

「どうして薛さんより幸せだと言えるの？」

「息子が先週、私を訴えたんですよ」

私は驚いた。「あの事務室に火をつけた子ですか？」

「あの子以外に、誰がそんなことをすると言うのですか」

「でもまだ小学一年生でしょう？」

「そうです。一年生でも、父親の私を訴えたんです」

薛さんの息子さん、放火した薛鷹君《せっせん》は、宿題をするときノートを大切にせず、一枚一枚破って、床中紙だらけにした。怒った薛さんは変わった方法で罰した。息子に紙を全部食べさせたのである。息子さんも意地で、紙を食べた。二枚食べたところで、多分まずいからだろうか、父親に、「残りは明日食べてもいいですか」と聞いた。

薛さんは、「いいよ。お前がこれから紙を捨てないのならば、残りは明日食べなさい」と言った。

息子は、「じゃあ、残りはここに置いてそのままにしておいて」と言った。

薛さんはそのとおりにして触らなかった。

翌日、息子さんは学校に行かず、かばんを背負って、裁判所に行った。そして、父親が児童虐待をしたと訴えた。裁判所の人が、「どうやって君を虐待したの?」と訊ねると、

「僕は親父に紙を食べさせられた。現場は今もそのままにしてある」

「お父さんはどんな仕事をしているの?」

「新聞記者だ。国の政策についてもよく知っている。法を知りながら、犯した」

「よくわかりました。とにかく君は家に帰って、我慢できなくなったらまた来なさい」

「どういうこと？　我慢できないって？」

「まあ、たとえばお父さんが君の足を折るとかだ……」

薛さんの息子さんのように知恵があって、法律もわかるのに比べたら、大玉はまだまだ可愛いものだ。そして私もまだまだ幸せだ。大玉はどんないたずらをしても、小さな範囲内のことで、裁判所まで巻き込むことはなかった。まあうそをつくのは仕方がないということか。大玉もいつかきっとやめる日が来ることだろう。

〈顧大玉〉　母さん、ごめんなさい。私が悪かった。あの頃、私は本当に世間知らずで、何も知らず、母さんの愛を誤解して、母さんを悲しませた。時間は戻らない。ただ後悔するばかりで、全ては後の祭りだ。少し前、私は山口大学で身体検査を受けた。血液型は確かに「O型」だった。母さんも「O型」だものね。疑いなしに私は母さんの娘だ。母さんの本当の娘だ。母さんの兄弟、つまり、伯父さんや伯母さんたちの血液型も「O型」だということを知っている。これこそエホナラ一族の特徴だ。私は母さんの血を受け継いでいる。まことに誇らしいことだ。英語の勉強のことは、今では恥ずかしいと思う。今回の大学入試でも、英語の成績が良くなかったので、一流の国立大学には手が届かなかった。京都大学も筑波大学も出願したが、英語と数学の点数が低かったので、総合点が足りず、どちらも合格できなかった。この教訓は身にしみた。もしやり直すことができれば、絶対に、昔のように遊んでばかりで馬鹿な真似をする顧大玉にはならない。母さんが私を教育しようとしていた時、多くの機会を失い、何度も失敗したのと同じように、私も自分の成長途上で、多くの機会を失い、何度も失敗した。これらのことは自分でやってみて、初めて「経験した」と言えるだろう。

私はこの本の読者の皆さんが私の犯した過ちを繰り返さないよう願う。

〈顧明耀〉　子供がうそをつくのは珍しいことではない。当時の広芩は私と同じく、ささいなことにも厳格過ぎた。実際、子供がうそをつくのは、理由がないわけではなく、子供なりの打算があるのである。何かを得たいのかもしれない。たとえば、ほめられたい、ご褒美をもらいたい、精神的あるいは物理的なものがほしい、など。あるいは何かから逃げたいとか。たとえば、勉強から逃げたい、仕事から逃げたい、自分が受けたくない厳しい叱責や批判、あるいは罰などから。

ある土曜日の午後、大玉は学校で課外活動があると言って、かばんを背負って出て行った。しかし、大玉が出かけてまもなく、同級生が一緒に遊びに行こうと、大玉を誘いに来た。そして課外活動はないと教えてくれた。その日、大玉は遅くなってもなかなか帰って来なかった。同級生と遊びに行っていたのだった。そして、お母さんとおじいちゃんに叱られた。大玉はもっと勉強しなければならない。そして、家事も手伝わなければならない。大玉を待って、家族全員の晩御飯が一時間遅れたのである。皆、どんなに心配だったかと言った。大玉は何も言わず、うなだれて泣いた。

私は大玉の傍に行って、「なんで課外活動があるなんてお父さんとお母さんをだましたの。どうして本当のことを言わないの」と訊ねた。

大玉は突然頭を上げて、大声で私たちに反問した。「本当のことを言ったら、行かせてくれるの?」

そうだ。もし、大玉が本当のことを言ったら、私たちは多分「宿題は終わったの?来週月曜と火曜の授業の予習はしたの?」と聞き、それから何か家事をやってもらいたいとか、何時までには帰らなければならないとか、制限したのではないだろうか。もし、大玉が、宿題も終わり、予習も復習も終わり、家事の手伝いもしたなら、うそをつく必要はないだろう。うそをつくのは、やはり、危険性が潜んでいるということだ。

今考えたら、子供のうそつきを治すには、二つのことをすべきだと思う。一つは、全ての栄誉は自分の努力や苦労の賜物であることを納得させること。すなわちうそはついてはいけないということだ。もう一つは、大人の子供に対する要求が妥当であるかどうか、現実的であるかどうか、そして、子供の大人に対する要求が理にかなっているかどうかについて、真面目に考えなければならないということである。この二つは、言うは易し、行うは難しである。

注

①碑林　西安の名勝地。二千三百あまりの石碑がある。

②単元　集合住宅で、一つの階段を共有する家のまとまり。階段の入り口によく一単元、二単元という標示がある。

③四両　両は重さの単位で、一斤は十六両で、約五十グラム。

5 東方の魔女

大玉が小学校を卒業した年、私は彼女を日本へ連れて行って、夫と一緒に暮らし始めた。日本へ行って、ちょっと環境を変えて、肩にかかっている子育ての重荷を軽くしたいと願ったからである。少なくとも、母娘《ははこ》の緊張関係を少しでも緩めたいと思った。

夫は筑波大学で中国語を教えていた。筑波は「科学城」で、日本のシリコンバレーと言われている。ここには世界中から集まって来た大勢の専門家や学者、日本のハイテク技術の研究員がいる。

小さな松林に、白いコテージが点在している。専門家が住んでいるところだ。様々な肌の人種がここに出入りして、国連のようにとても賑やかであった。日本語以外に英語も通じた。

筑波で、私は自覚して専業主婦になり、炊事、洗濯、掃除など全部やった。南側には床まで届く大きな窓があり、外の緑や花などが見えるが、ガラス拭きは言うまでもなく、大変だった。じゅうたんと同じ色のカーテンは、見た目は軽くて柔らかいようだが、外してみると、厚くて重かった。洗濯機に入れても動かず、湯舟につけてから、手で絞らなければならない。掃除機を押しながら、部屋中走り回ると、すぐ汗びっしょりになったが、それも楽しみの一つだった。

部屋は広いが、困ったこともあった。毎晩寝ている時、リビングの隅々や、ドアより大きい窓のことを考えると、どこかで音がしているような気がして、変な気がした。そして、ホームシックにかかって、中国の質素で素朴な家、セメントの床、小さな窓、スプリングが壊れ破れたソファー、それから、独りぼっちのおじいちゃんを思い出した。

大玉は私より憂鬱だった。一日中ベランダに座って、木の上のカラスをぼーっと見ていた。

「外へ散歩にでも行ってらっしゃい」

「いい」

「向こうのロシアのロンルカ君と一緒に遊んだら」

「面白くない」

私は知っている。日本に来る前、大玉は学校で「動かない少女隊」というグループを作っていた。そして女子生徒を煽《あお》って、滅茶苦茶なことをした。「動かないグループ」

という名前は本当に怖かった。しかも「少女」のグループ、聞いただけでぞっとする。グループのことで、何回も干渉した。彼女は全然聞こうともしなかった。自分が総司令官になり、参謀長官や大将などを任命したらしい。まったく子供の悪ふざけだった。しかし、彼女はなんと真剣に、楽しくふざけていたことか。

彼女は次から次へと、中国の悪友へ手紙を送って、遠くから彼女らの活動をコントロールした。身体は日本に来ても、心はついて来なかった。

彼女は日本語を勉強することを拒否した。日本と日本人に対して、極めて強い反感を持っていた。原因はいくつか考えられる。日本には彼女の友達がいなかった。「動かないグループ」がなかった。また、来日前に、日本の憲兵隊にこき使われたことがあるおじいちゃんの話を聞かされた影響。『地雷戦』のような反日戦争の映画を繰り返し見たこと。日本が侵略者で、悪い奴という概念は彼女にはあまりにも明確だった。ある日自転車に乗って、日本の老人にぶつかった時も、どうしても謝らず、歯を食いしばって、相手を睨んだ。大玉の反日感情はあまりにも異常だった。その老人は彼女の態度を見て、腹を立て、もう少しで彼女を殴るところだった。

日本の教育基本法の下では、私たち親は子供が日本語ができようができまいが、とにかく、家に置いてはならず、学校にやらなければならない。それで、大玉は筑波の竹園東中学校の一年生になった。言語環境を完璧にし、大玉に日本語を勉強させるために、家では中国語を話さないことに決めた。まさか一日中一言も言わないとは。大玉の我慢強い抵抗には驚くばかりだった。

大玉は日本の中学生になって、日本の少年少女と一緒に授業を受けた。彼女は毎日自転車で学校に通った。日本の少女みたいな髪型をして、制服を着て、口をきかなければ、誰も彼女が中国人だと思わなかっただろう。毎晩、私は単語の読み方を一字一字教えたが、大玉は集中力がまるでなく、すぐかんしゃくを起こして、一人で中国へ帰りたい、航空券を買ってくれと言った。

もちろん彼女を中国へ帰らせるわけにはいかない。彼女にいやでも日本語を学ばせなければならない。学校の先生は私よりはるかに大変だったろうと思う。中国語のわからない先生が中国人の子供に日本語を教えるのがいかに困難であるか想像がつく。しかし、さすがに先生である。一般の授業は日本人の生徒と一緒に受けさせた。わからなくても語感を磨くことになるということだろうか。国語の授業だけは大玉を別の教室へ連れて行って、個人授業を行った。一つの単語に一つの絵。象、鉛筆、小鳥など、ノートの始めから終わりまでこの絵でいっぱいの単語帳は、全て吉田先生が自分で作ったものである。さらに、毎日放課後、吉田先生は大玉のために、一、二時間日本語を教えて下さりもした。

私は本当に申し訳ないと思った。先生はなぜこうまでしてこの子に教えなければならないのか。中国人の習慣では、何がしかの心づけをしなければならないが、失礼ではないかとも心配だった。それで友人の生田さんに電話をして、担任の先生に何か贈ろうかと相談した。

生田さんは「それはやめたほうがいい。先生は国家公務員で、大玉ちゃんに教えるのは自分の仕事で、責任があるのだから。日本では中学までは義務教育なので、授業料がいらなくて、生徒の学業は全て先生の責任なの。大玉ちゃんに上手く教えないと、自分の責任になるし、お礼を受け取ることはできないと思う。受けたら賄賂になるでしょうし」と教えてくれた。

「それは本当に素晴らしい制度ですね。親は余計な心配がいりませんものね」と私は言った。

だが、大玉は先生の苦労に気付く気配もなかった。三ヶ月が過ぎても、ひらがなさえ覚えなかった。外国語学習の新記録に違いない。

それにもかかわらず、彼女は毎日休まず登校した。これは勉強のためではなく、無償の給食がお目当てだったのだろう。学校の給食は主に西洋料理で、時には日本料理もあった。とにかく、一週間のメニューは重複することがない。学校給食は日本独特のものだろう。市立中学校には給食センターがあり、そこで専属の栄養士が献立を考え、材料を調達し、調理、運搬までする。生徒のもとに届く時もまだ温かい。一九四六年、日本は戦後すぐで経済的にまだ苦しい時期にもかかわらず、早くも学校給食制度を実施した。これはまことに見識があった。教育の普及と、文化レベルの向上に、計り知れない役割を果たした。当時、貧しい山地では、多くの子供たちは食事を取るために、学校へ行ったほどである。

昼間、夫は仕事へ、娘は学校へ、私は一人家で留守番。退屈で堪らなかった。ひたすら金曜日が早く来ないかと心待ちにしていた。というのも、その日に面白いテレビ番組があったからである。西洋人の目から見ると、金曜日は不吉な日で、様々な鬼や霊魂が現れ、人間の世界を行ったり来たりしている。金曜日には、このような妖怪や霊魂に関する番組が正午の十二時から、夜中までよく放送されていた。こうした番組はもちろん大玉に見せるわけにはいかないので、金曜日になったら、早々に彼女を自分の部屋に追い払った。夫はこういう番組に興味がないから、私がテレビの前でお化けの番組を見ているると、本を持って書斎に入った。リビングでは私一人が、小さな灯りだけにして、暗闇の中のお化けたちと仲良くしていた。

こうした番組の中では、現場からの中継が一番面白い。レポーターが車に乗って、いろいろな機材を持って、あちこち霊魂を探しに行く。ある局は金を惜しまず、海外まで追いかけていく……。テレビでこういう番組を見る時、いつも身の回りに恐ろしい気配を感じて、怖くて怖くて、息をする時も音を立てないようにした。けれど、怖ければ怖いほど見たくなる。夫は部屋から出て来て、私がソファーで縮こまっているのを見ると、パッとテレビを消した。

「こんな立派ないい機械がもったいない。高等教育を受けた人が見るのももったいない」と言った。

日本語が少しでも上手になればと、私は図書館に日本語の学習ビデオを借りに行った。しかしそのようなビデオはあまりなかった。『楊先生日本語を勉強する』、『蛙の一生』

などわずかだった。後で、図書館にもホラービデオがあるのに気が付いた。すぐ『楊先生』と『蛙』を放って、『大霊界』『食人族』『吸血鬼』などのホラー映画に換えた。しばらく経つと、図書館の職員も私のことを覚えた。私が来るとすぐ新しいホラー映画のビデオ目録を見せてくれた。ある日、ホラー映画について研究しているのかと聞かれ、私はいけしゃあしゃあと「はい、そうです」と答えた。そしてその職員とすぐにお化けについて討論した。職員は自分もホラー映画が好きだと言った。そして、「魅力」の「魅」は大変意味深い字であり、鬼があるから、魅力がある。鬼がないと、何もないと話した。

日本で同じ趣味の友を見つけられたのは嬉しかった。そしてホラー映画も結構見た。

夏、夫が親に会うために一時帰国した。筑波の広い部屋に私と大玉が残された。夜寝る時はちょっと怖くて、危険がいたるところに存在しているような感じがした。窓の外の小さい松林に木の影が揺れていた。風の音もざわざわとした。カーテンは風にふわっと旗のように翻った。映画ではこういう時によくお化けが現れるのだ……。ぼんやりしている間に緑色のお化けの影が部屋を上に下に跳んでいた。キャーと大声で叫び、毛布に隠れた。大玉が部屋に入って来た。

「どうしたの？　何かあったの？」と訊いた。

「部屋の中に緑の光がピカピカしているの」

大玉は部屋中を探した。そしてとうとうベッドの下から飼っている二匹の子猫を捕まえて来て、

「この二匹の子猫の仕業よ」と言った。

「猫はこんなに怖い目をしていないよ。ひょっとしたら、吸血鬼ガーゴイルの化身ではないかしら？」

「母さんホラー映画を見すぎよ。現実と映画を混同しているわよ」

「混同しようがしまいが、とにかく今晩はここで母さんと一緒に寝て。お願い」

「いやだよ、母さんと寝るのはいや。だけど、門番をしてあげるよ。部屋の入り口で寝てもいい」

「それでもいいわよ、だけど、絶対にぐっすり寝ちゃだめ」

「大丈夫！」

その晩、大玉は私の門番をするために、布団を私の部屋のドアのところに持ってきた。暫くすると、何と彼女のいびきが聞こえてきた。私の言いつけは全く無視された。たと

え百人の妖怪が彼女を連れ去っても、起きないだろう。

〈顧明耀〉　母親が夜怖くて眠れず、娘が門番をした。これはちょっと正常ではない。中国から帰って来た時、大玉は私にお母さんの可笑しな行動を報告してくれた。広芩の行動はあまりにも滑稽だ。よく考えると、問題は暇すぎるせいだと気付いた。みんなが忙しい時に、彼女は一人寂しく家で留守番していた。それでは魔が差すようなこともあるだろう。何かした方がいいと思い、千葉大学大学院に「第二次世界大戦」について研究しに行ったらどうかと提案した。戦争中の日本の鬼の方が映画の鬼より現実的だし、さらに深い感動を与えるものがあると思う。

あれ以来、大玉は私の好みと弱点がよくわかるようになった。そして大玉は頭がいいから、自分の目的を達成するために、この好みと弱点を利用して、私におべっかを言ったり、脅かしたりした。

あれから十年経ち、彼女が山口大学から私に会いに来た時、持ってきたお土産は二本のホラー映画のビデオだった。これはお菓子よりいい。お菓子は食べたらなくなってし

まうが、ビデオは四時間も見られる。何もしないで四時間ずっと座ったままでい

い……。ビデオをもらった結果、彼女をつれての韓国旅行となった。旅行の費用は全

部私が出した。もちろんあのホラービデオの効果である。

やがて私は千葉大学で、残留孤児の帰国についての研究調査が忙しくなったので、子供の世話をする時間がなくなった。大玉はいつも通りに、自転車で学校に通った。夫も仕事に行った。三人が各自の生活で忙しく、夕食の時だけ、集まることができた。

ある日は天皇誕生日で、国民の休日だった。日本の天皇の誕生日をお祝いすることと私たちとはあまり関係はないが、この休日を利用して、シーツを洗ったり、部屋を掃除したり、餃子を作ったり、大玉の授業ノートをチェックしたりした……。なんと、大玉のノートには授業の内容が何も書かれておらず、そのかわりに書いてあるのは中国風の武芸小説だった。それは大玉が創作したもので、人物はほとんど「東方紫雲」や「欧陽高山」「上官紅梅」など二文字の姓で、一見目新しくて、面白そうだが、実際は低俗でつまらなかった。やはり大玉の作文のレベルでしかなかった。多分彼女はこのような姓は面白くて、張さん、王さん、李さん、趙さんのような姓よりいいと思ったのだろう。小説の構成は中国古典の章や回の書き方と同じで、各章にはタイトルもあった……。

女英雄自ら悪魔と戦う
大将軍敵と戦って九死に一生
美少女が若将軍と出会う
馬鹿な少年妖怪と戦う

はっきり言って滅茶苦茶、非常に低俗だった。しかし驚いたことに、各ページの内容を林という台湾の女子生徒が翻訳し、まゆみという日本の女子生徒が挿絵を描いていた。多分、まゆみは中国の刀などの武器を見たことがないのだろう。そして「女英雄」「大将軍」の格好も知らないのだろう。そのせいか挿絵はちょっと可笑しくて、西洋風でも中国風でもないのだ。幸い、宇宙人は描いてなかったので、まあまあ面白かった。これは恐らく大玉が教えたのだろう。問題は日本語のできない彼女がどうやって教えたのか。

ノートは古くなっていて、多分クラスでずいぶん回し読みしたのだろう。中には、大田成吾、山村一夫、木村雍三などの男子生徒の論評が書いてあった。大体は「この小説は『三国志』と同じく素晴らしい」である。日本の男子生徒は『三国志』が好きなのだろうか。彼らは中国の他の武芸小説を見たこともないだろうし、大玉のこの手書きの本も初めてだろう。彼らの興味は中国人の子供が初めて『トランスフォーマー』『聖闘士聖矢《セイントセイヤ》』を見た時と同じだ。

この本は言わなくてもわかる。授業中に書いたものだ。先生が一生懸命教えているのに、彼女は机の下で、こっそり小説を書いていた。これを怒らずにいられようか！

私はこの「国際出版社」が「出版」したこれらの武芸伝を窓の外に捨てた。大声で大玉を叱った。「まったくもう、この大事な勉強時間に、こんなくだらないこと……」。

大玉は納得せず、反撃して口答えした。これが何と！　流暢な日本語だった。父親もびっくりして、「いつ、日本語が話せるようなったの？」

彼女も腑に落ちない様子で「さっき言ったのは日本語だった？」と訊いた。

〈顧大玉〉　ひょっとしたら、金庸《きんよう》氏を超える武芸小説家を潰してしまったかもしれない。

その上日中友好を妨害した。さらには、日本の漫画が中国で横行することは許したのに、なぜ、日本で私が武芸小説を伝えることは許さないのか。考えてみて。当時の中学生たちが武芸小説に興味を持ったら、何年後かの今、日本でも中国の武芸小説のファンが増えてきていたでしょう。

結論が出た。語学は授業で習うものとは限らない。しかも子供は大人より覚えるのが早い。

日本の学校の授業は大変幅が広い。主な科目以外に家庭科もある。時には男女別々の授業を行い、例えば、男子は大工仕事を習い、女子は裁縫や料理を習う。男性は外、女性は内というような分業をする。

大玉が家庭の管理について、よく自分の意見を言うのも、学校や教科書から得たものだ。日本の学校教育は女子を良妻賢母、礼儀正しい淑女にするという目標があり、座り方から、話し方まで、全部ちゃんと教える。

そして、大玉は本当に見事に会得した。内心は火山のように激しく沸いているが、外観は、小鳥のように大人しい。彼女に会った人は誰でも「この子は大人しい、可愛いね」と言うだろう。しかし、私だけは知っている。あれは全部にせものだ。帰国後、中国の女の子と比べたら、確かに大玉は日本の女性のように温厚そうだが、内側は全然変わっていなかった。彼女のやったことから見れば、別人としか言いようがない。

私はいつも言っている。「大玉が日本へ行った最大の収穫は、『淑女の包装』をもらったことだ」。読者の皆さんもこの本のカバーの写真を見て、それから、内容を読めば、あの日本的な女の子が大玉だなんてとても信じられないだろう。


〈顧大玉〉これは一種の魅力よ。


話を戻そう。

一年後、大玉は日本の生活にも慣れ、日本の女の子と仲良く、一緒に遊んでいた。放課後、いつもみんなを連れてきて、自分の部屋で無茶苦茶に遊んだ。女の子はみんな同じセーラー服を着ているので、ちょっと部屋に入ると、自分の娘を探すのに一苦労だった。

日本の女の子はとても開放的で、おおっぴらに自分が好きな男性の名前を言う。時々、リビングにいても、みんなの話が聞こえてくる。内容は誰々の彼氏は誰々より格好がいいとか、誰かと誰かが約束して、将来結婚後は何人の子供を産むとか、誰かがある歌手を追いかけて、もう十三通もファンレターを書いたとか、ある男性映画俳優は大変人気があり、クラス二十三人の女子のアイドルだとか……。

大玉が日本のそういう幼稚な女の子と一緒に遊ぶのは、大変心配だった。

我が家では二匹の猫を飼っているので、隣の二年生の女の子が、しょっちゅう見に来る。そのうち、私たち一家と仲良くなった。ある日、彼女は私に「どうやって種を撒くのか」と訊いてきた。

「どんな種を撒くの?」

「お父さんがお母さんに種を撒くことよ」

「そんな変な話、誰から教えてもらったの?」

「先生よ、先生が教えてくれたのよ。男の子と女の子はオシッコのところが違ってて、男の子が大きくなったら、女の子に種を撒くのよ。そしてお父さんになるって……」

なるほど、これが日本の小学校で教える性教育だ。けれど、二年生にこんなことを教えるなんて、とても信じられなかった。

中国では、中学に上がってから、初めてこの生理衛生の授業があり、しかも、男女別々で授業は行われる。そして日本のように子供を作るというような直接的な話しもない。私はあの二年生の子に種撒きについて、答えられなかった。日本の教育は「性」について、あまり重視していないように思う。まだ何もわからない二年生に、子供を作る話をするのは、ちょっと……。

〈顧大玉〉　日本の生徒は、みんな早熟よ。小学生の時に、もうバレンタインのチョコレートを贈るし、中学になったら、もうボーイフレンドもいるよ。教育しなくていいの？

ある日、私は校内を慌てて走っていた中国人留学生の陳琳《ちんりん》さんに出会った。

「どうしたの？」と彼女に訊いた。

「息子を捕まえに行くのよ」と彼女は言った。友達から彼女の十歳の息子が下校しても、家に帰らず、コンビニでポルノ雑誌を読んでいると聞いたそうだ。

遠ざかっていく陳琳さんの姿を見て、私の心も段々重くなった。中国では、エロ文化を一掃する運動が次から次へと行われ、ポルノビデオや書籍が公に現れるのはそう簡単ではない。子供が生活する環境はまあまあ健全だと思う。その上、親は子供の男女関係に対して、かなり厳しく、度を越すようなことを起こすなど絶対に許さない。

しかし、日本では、全く無理だ。ピンクビラがいつも郵便受に入っているし、ポルノ雑誌が花や卵、キャンディーなどと一緒に、コンビニで販売されている。一日中店で立ち読みしても構わない。日本の子供はみんな小さい時から、こういう環境に慣れていてなんともない。

しかし、中国人の子供はそうはいかない。彼らはこの方面に対して、心の準備が全然できていないのだ。何でも珍しく見てしまう。日本に来て、視野が広くなるのを、親も全く防ぐことができない。

あの日、陳琳さんが首尾よく息子を捕まえたかどうかわからないが、その出来事は私に大玉の部屋を捜査するように決心させた。

彼女が学校に行っている間に、私は計画を実行した。

枕の下、本棚の上、引き出しの中に、ノート。行ったり来たり、昇ったり降りたりして、あちこち細かく調べた。汗びっしょりになった。

〈顧大玉〉　ひどい！　全くの人権侵害だ。母さんのやり方を悲しく思う。侵害された私のことを悲しんでいるのではなく、作家の母さんにちっとも人権の意識がないことが悲しい。これは母さんの同年代の人の悲しさだ。文化大革命中に生まれ育った人々は、道徳的な観念が欠けている。結局、残存した封建的な思想が母さんの心を左右しているということかもしれない。母さんは何でも自分の思い通りにしないと気がすまないのだ。私に対しても、母さんは管理者のつもりだ。管理者には権力があるから、やりたい放題で、私個人の行動や考えなど全く無視される。母さんはいつも自分が「老三届」[1]だと自慢する。すぐ「その時の私たちは……」と言う。母さんは考えたことがある？　もしその時、母さんにちょっとでも民主的な気持ちがあれば、人権を尊重する気持ちがあれば、中国で批判され、下放された母さんたちみたいな「老三届」は出て来なかったでしょう。

私が大玉の部屋を捜査した結果、収穫は大きかった。三冊の本、一通の手紙、二枚のメモと一冊のノートである。

（一）三冊の本　「どうしたら魔女になれるか」その一、二、三。
（二）一通の手紙　大玉から「魔女」の作者ｘｘ子への手紙だ。手紙の中には崇拝と尊敬の言葉が溢れている。作者に魔女になる方法を教えてもらいたいとか、自分が魔女になったら、将来中国に帰って魔法を使い、国に貢献すれば、今回日本に滞在する甲斐がある、とか。
(三) 二つのメモ　クラスのある男子学生とどこで会うかというものである。
(四) 一冊のノート　中にはたくさんの呪文が書き写されている。授業中先生に質問されないようにするには、どんな呪文を唱えればいいか、出かける時にすぐお金を拾うにはどんな呪文を、誰かに愛されるにはどんな呪文を、嫌いな人が悪いことに出会うようにするにはどんな呪文を……など。

私は頭がおかしくなりそうだった。大玉の日本語が上手くなったのも、言葉が早口で流暢になったのも、この本、このノートのおかげだ。呪文は日本語で言うしかないし、中国にこんなものはないのだから。このｘｘ子という女流作家は人に害を与えているではないか。この若い少女たち、この中途半端な子猫たちは、これまでも十分親を心配させたのに、また、クラスメートを「魔」の場所に引き入れたりして、全く滅茶苦茶だ。

日本の出版社は青少年向けにこんな本を出すなんて、無知な子供から金を儲けようとしている。人を騙すだけではなく、人に害も与えるのだ。私は日本の出版システムについては良くわからないが、中国ではこんなひどい本は絶対に出版できない。

大玉が帰って来ると、私は捜査して見つけたものを全部出して、厳しく叱った。「本は全部没収、呪文のノートはみんなの前で燃やします。あなたは二時間以内に反省文を書きなさい」と命じた。

大玉はただ立っているだけだった。首をまっすぐにして、歯をくいしばって、一言も言わなかった。大玉が全く納得していないのは明らかだった。

二時間たっても、反省文が出ないだけではなく、本人さえも出て来なかった。彼女は部屋に鍵をかけ、私たちと会おうともしなかった。

どうしようもないので、私は中国人の親の得意技（学校の先生を訪ねること）を出すことにした。中国では、子供に何かあっても、学校と親が協力するので、どんなに手のやける子でも天地を引っ繰り返すほどのことはできず、すぐ降参する。

〈顧大玉〉　まず、子供を教育する方法が間違っている。何が「天地を引っ繰り返せない」「降参する」なのよ。まるで文化大革命中に「四種類の異分子」を批判制裁する時の口調だ。

母さんはいつも私が「空を引っ繰り返す」ことを恐れていたけど、もし私が本当に「天地を引っ繰り返したら」、どうするの？　私はただ母さんが敷いたレールの上を歩かないだけよ。大体母さんが敷いたレールは絶対に正しいと言えるの？　母さんの古臭い機関車はもう引退しなきゃ。

私は夫に学校に行ってもらいたかったが、夫は行きたがらなかった。

「ここは中国ではない。中国の経験がここでも必ず役に立つとは限らないよ。下手をすると、笑われる」

「子供を社会のちゃんとした後継者として教育することを、誰が笑うの」と私が言うと、私の口にはかなわず、夫は仕方なしに、三冊の「どうしたら魔女になれるか」を持って竹園東中学校に行った。私は家でお茶を飲みながら、待つことにした。私はこういうことには結構時間がかかるということを知っていた。状況を詳しくはっきりと学校に話さなければならないし、また、対応策を考えるのも、一言や二言ですむものではないからだ。しかし、まさか、お茶もまだ出てないうちに、夫が帰ってきた。

「先生はいなかったの？」

「いいや、いたよ。教頭先生と話をした」

「え、学校にも教頭がいるの？」

「日本の学校は、どこでも教頭がいるよ。中国の教務主任のような人だ」

「なんか『水滸伝』の豹子頭林冲《ひょうしとうりんちゅう》を思いだしたわ。林冲も教頭[2]だった。八十万の禁衛軍の教頭よ。竹園東のあの豹子頭は何て言ったの？」

夫は冗談に乗ってこなかった。夫は教頭先生に大玉の考え方などについて話した。そして学校側に大玉に正しい考え方を教え、迷信を克服して、学習態度を良くするように教育していただくようお願いをした。

しかし、教頭先生は言った。「人の考え方は徐々に成長するものです。説教で作り上げるものではないのです。学校は生徒の考え方を尊重しなければなりません。彼らの行動を干渉してはなりません。しかも、何をやるべきで、何をやるべきではないかは、堅苦しく指摘することではありません。何が良くて、何が良くないかだけを言えばよろしいのです。全ては生徒自身に決めてもらいます……。それから、お宅の状況についてですが、大玉ちゃんはまじめに本を読んでいますよ。とてもまじめで、集中力があり、大変素晴らしいです」。

「日本の学校はどうしてこんな……？」私は不思議だった。

「これが日本の学校のやり方だよ。言っただろう。ここは中国じゃないって」

ノートを燃やされ、本を没収され、大玉は本当に呪文を言えなくなった。そして、それからずっと私に反抗した。私が東へ行くと言うと、大玉はわざと西へ行く。私は日曜日に家族全員で山に行こうと提案したが、彼女は家で寝ると言う。それで大玉を家で寝させると、却って元気になった。外から家に電話するとずっと話し中だった。言うまでもなく、悪友と長電話をしていたからだ。

実は、夫に話さなかったこともある。一番心配だったのは、魔女の本ではなく、男子生徒にあげるメモだ。日本人の名前にはいいところがある。男か女かすぐわかるのである。あの二枚のメモを見て、もう大玉を「子供」扱いできないと感じた。中国にいた時は、ワンタン売りでも、婦人警官でも、虎の飼育員でも、何であろうとも、自分の夢はちゃんとあった。しかも自力で生活しようという考えを持っていた。

しかし、日本に来てから、まさか彼女がボーイフレンド探しや、どういう人のお嫁さんになるかばかり考えてたなんて。

ああ、まだ子供だというのに！　日本の男子生徒にメモを書き、デートの約束をした。

大玉はその先のことを考えたことがあるのか。誰の嫁になっても構わないが、絶対に日本人の嫁にだけはなってはならない。それはまるで生き地獄に飛び込むようなものだ。日本人の男性の亭主関白は半端ではない。女性は夫と子供の目にはまるで小皿のように取るに足らないもので、腰を伸ばす時さえもない。大玉が将来小皿になれるものか。無理無理！

大玉のことだけではなく、私だって、日本人男性の義理の母になる考えはこれっぽっちもない。

〈顧大玉〉　何を考えているの。考えすぎもいいとこだ。学校には、誰だっていい友だちがいるじゃない。どうして、母さんの目には、男子生徒と女子生徒の付き合い全部に問題があるように見えるの？　それにすぐ結婚の話に持っていく。母さんが日本人の義理の母になる考えがないことなんて言わなくてもわかる。私だって、日本人のお嫁さんになろうなどとは思ったこともない。

私にはわかるのだ。娘がいる母親はみんなこの問題について、とても神経質になって、疑い深くなってしまうのだ。女の子はやはり女の子だ。ある程度成長したら、母親は不安になるのだ。

大玉は私が「オバタリアン」だと言った。私は「オバタリアン」がどういう意味かよくわからなかった。辞書を調べても載っていない。大玉に訊いてもああいうものだ、こういうものだと、全然説明にならない。彼女がわからないのではなく、対応する中国語が見つからないのだ。

親子でこの言葉について、結構時間をかけて議論した。結局、この「オバタリアン」は中国語の「事児媽《シャールマ》」（世話好きな母）のことだった。

私は彼女がどうして、中国語でこの意味を言えないのかと不思議に思って訊いた。

「確かに相応しい中国語の表現を見つけにくい言葉があるのよ」と彼女は言った。

「じゃ、あなたは考え事をする時には、中国語で考えるの？　それとも、日本語？」

「わからない……。でも、人が考え事をする時、言葉は要らないのではないかしら」

「そんなことはない。人はみんな言葉で考え事をしているのよ。言葉なしで生活できる人は誰もいない」

「いいえ、言語障害者は言葉がないけど、ちゃんと物事を考えているのよ」
「あなたは言語障害者ではない」

あれから、我が家では、日本語の使用が禁止となった。

この点は、夫と私は守れたが、大玉は無理だった。彼女はしゃべり出すと、その内、すぐ日本語が出てきて、自分でもコントロールできなくなった。

時間が経つにつれて、大玉の中国語の語彙は段々貧弱になっていった。中国のおじいちゃんに電話をする時、中国語の中に、かなり日本語が混じった。それを聞いておじいちゃんはずいぶん不満を感じたらしい。

「僅かな間に、どうして中国語も言えなくなったんだい、あなたたちは……」と私たちを問い詰めた。

私は外国語を交えた中国語を話す人にずっと反感を持っている。一部の留学生はわざとそういう話し方をする。しかもこれが偉いと思っている。特に同じ中国人と話す時、わざと自分の熟練した母国語をめちゃくちゃにして、自分のファッションや学問としてひけらかす。自分は国際派であり、みんなとは違うと思っている。全く幼稚だ。

私は何度も大玉の中国語を訂正したが、あまり効果がなかった。

私は彼女にもっと中国語を勉強するように言った。中国では中学で古典中国語の基礎を勉強する。大玉にこの面での訓練が欠けているのはいけないと思って、中国にいる友人に中学の教科書を送ってもらった。私は大玉に古典中国語の補習をしようと思った。その時大玉は中国と、日本のものを一緒に勉強しなければならず、負担がかなり大きかった。

ますますひどくなる中国語と、ますます頻繁になるメモに私は不安を感じた。このままにしておいたら、大変なことになるのは間違いない。夫と相談して、きっぱり結論を出した――。

中国に帰る！

〈顧明耀〉　大玉を帰国させる決定を下したのには、いくつかの理由がある。大玉の勉強はその一つである。日本の学校は、特に中学は中国と違っている。知識教育の面から見ると、中国より量も少ないし、程度も低い。要求も中国より甘いし、管理も緩い。勿論これは日本の中学校教育を否定しているのではない。

日本にもそれなりにいいところはあると思う。例えば、日本は生徒の興味を培うことに重点をおいている。単にプレッシャーをかけたりはしない。また、生徒の観察力と分析力を育てるために、生徒にいろいろなことを観察させる。一方的に知識を注ぐだけではない。生徒個人の気持ちを大切にして、集団意識や統一規則に従うことを強調しない。

このような環境では、日本で高校を卒業しても、中国の大学についていけなくなる。例えわずか一年間日本にいるだけでも、帰国したら、もうついて行けない。そして道徳教育の面ではもっと差が大きい。

大玉が日本の中学に通ったことは、彼女の成長にとって、いい面も悪い面もあった。

彼女の欠点は、例えば、物事を考える時、他人よりも自分のことを先に考えることだ。「他人が第一」「人が先、自分は後」という考えがない。勉強は基礎力を作るのではなく、ほとんど興味から出発し、自分に対する要求も甘い。困難を克服して、高い所を目指すことが全くない。これは日本にいた時のあまり良くない影響だろうか。

「性」について、日本人の観念は中国人とはさらに異なる。この間、西安の新聞に、異性の子供を連れて銭湯に行くことが、適当かどうかについての議論が載っていた。多くの読者は不適当だという意見だった。日本人から見れば、異性であろうとなかろうと、自分の子供を連れてお風呂に入るのは、ごく自然なことで、議論の余地はない。

中学生に異性の友達がいても、別におかしくはない。しかし、私たちはやはり中国人であり、中国人の伝統と文化がある。

改革開放政策が行われた今の時代に、西洋、東洋の考えや文化が大量に入ってくるのは避けられない。これを完全に禁止することは間違っている。そうかといって、全部吸収するのも正しいことではない。この外国の文化を、どうやって、正しく認識するか、対応するかは、我々がちゃんと考えなければならないことである。家庭教育や学校教育においても、まじめに考えなければならないだろう。

今、中学生が互いにメモを交換したり、デートをしたりすることは、もう避けられないし、また止めようとしても止めることはできないだろう。私はこれが別に猛獣や大洪水みたいな怖いものではないと思うが、放っておいて管理しないのも良くないと思う。実際に、どうやって子供たちの手助けをして、この問題を正しく扱うべきか。これは正に親と教師が直面しなければならない問題である。

大玉の教育において、私が責任を果たさなかったことも言い逃れをすることはできない。

これをもって教訓にしなければならないと思うのである。

注

①老三届　文化大革命（一九六六‐一九七六）中の一九六六、六七、六八年に卒業した高校生、中学生を指す。彼らは当時、授業に出ず、革命運動に参加し、革命の主力となった。一九六八年に毛沢東の「知識青年は農村に行こう」という呼びかけが発表されると、この「初期の三年の中学生」はやっと続々と卒業し、大部分は農村に出かけた。

②教頭　宋代の軍隊で武術を教えた教官を言う。現在は冗談で体育のコーチのことを言うこともある。

6 孫との戦い

大玉は帰国後、中国の学習レベルについて行けなかった。日本で中学を卒業したが、もう一度中学二年生に戻った。それでも差が大きいので、あの手この手で追いつくしかなかった。例えば、中国には政治科があり、マルクスとレーニンの唯物弁証法や政治経済学を勉強しなければならない。彼女は日本でこれを聞いたこともなかった。しかも彼女は授業で先生の講義を聴かないという癖があった。先生が講義をしている時、彼女は自分のことをしていた。時には、何の授業かさえもわからなかった。

そして、政治科の授業の時に、このような光景が現れた。

先生が生徒に、資本家が剰余価値を搾取することについて、ノートに答えを書かせた。その答えは本にちゃんと書いてあるので、本を読んだら、答えるのはそう難しくないはずだった。書き写してもよかった。しかし、大玉には本を読む習慣がない。彼女は自分がいつも正しく、自分が永遠にいい子だと思い込んでいる。彼女は答えを次のように、本当に新境地を開いたかのように書いた。

「剰余価値について述べる前に、まず天照大神について述べる。天照大神は女神で、美しくて健康である。ある日、大神は暇で暇で退屈だったので、東海に座って遊んでいた。

遊んでいる内に、海の底から泥を掴んで、適当にあちこちに撒いた。このようにして日本を作り出した。日本はいまだに細長い地形で、山が多い、しかも火山ばかりだ。これらの火山が今日も爆発し、地震も起こったりして、日本人を大変困らせ、みんな神経質になってしまった。いつも他人の土地が広い、ものがいいと思い込んで、すぐに武装して、船に乗って喧嘩をしに来た。

そして敗戦後、資本主義が発展した。全身全霊で国の建設に打ち込んだ。そして小さな国をきれいな庭のように作り上げた。

日本は資本主義の国だ……。資本家が人々を搾取したり、圧迫したりしたと言われるが、私は賛成できない。

日本には、いろいろな団体組織がある。彼らは貧困な生徒に奨学金をあげたりしている……。私は資本主義の国に何年間か住んでいた。誰一人資本家が人を搾取したり、圧迫したり、人の上に乗っかって威張ったりしているのを見たことがない。資本家の警察はみんなに優しく、礼儀正しい、まるでお兄さんのようだ。資本主義の学校は、私たちに無料で勉強させてくれた。一円も要らない。しかもお昼ご飯も提供してくれる。私たちは日本を見習わなくては。お昼ご飯と言わず、簡単な朝ご飯だけでもいいのに……」

私は大玉の答えを見て、冷や汗をかいた。彼女に聞くと、幸いまだ提出していなかった。

まだ救いがあると思い、すぐ友だちの祁秉英《きへいえい》さんに電話をした。彼女に助けてくれるように頼んだ。祁秉英さんは夫の小学校時代の友達で、西安の重点中学の高級教員をしており、子供の教育に対しては私たちより経験が豊かだ。彼女は政治を教える先生ではないが、長年の付き合いなので、すぐ助けに来てくれた。

祁秉英先生が来た。大玉の答えを読んで、笑いながら何も言わなかった。すぐ大玉の政治科の教科書を出して、まず、共産党と無産階級について説明をした。引き続いてマルクスの生産力と生産関係について話した……。

大玉は先生の話にチンプンカンプンで、すぐ甘えた。

「どうしてみんなあのマさん（マルクス）の話を聞かなければならないの？」

「聞くだけでいいの、どうしてかは訊かないで」

「私も何か新しい理論を考え出して、みんなに学ばせてもいいですか？」

「いいわよ、あなたの理論に道理があって、成立さえすれば、もちろんいい。だけど、今はこの理論を学ばなければなりません」と言って、先生は本のポイントを赤ペンで書いて、大玉に暗記させた。

「えー、政治も暗記しなければならないの？」と彼女はびっくりした。

先生は厳しい顔をして、「もちろんよ。来週チェックしに来るからね」。

〈顧大玉〉　私のせいじゃないよ。だって、政治の教科書に「自分の剰余価値に対する理解について述べなさい」と書いてあったから、私は自分がわかっていることを書いただけよ。問題には「教科書が剰余価値についてどのように論評しているかを書きなさい」とは書いてなかったよ。私も本の通りに写せばいいなんてわからなかった。もしわかっていれば、とっくに写してたよ。そのほうが簡単だもん。

私は本当に祁秉英さんに感謝している。普段はあまり互いの家を行き来しないが、用事があると、すぐに助けに来てくれる。本当に普通の人と違って、利害関係なく、呼んだら、すぐに来てくれる。遠慮もなく、虚勢もなく、終始一貫、互いに深く理解している。友達の助けで、私は帰国後の最初の難関を乗り越えた。

だが、大玉は人に感謝しなかった。彼女は人の好意に無関心だった。私の文学仲間の黄衛平《こうえいへい》にも感謝しなかった。黄さんは彼女に、「幾何」と「数学」の参考書セットをくれたのに……。当時その参考書セットは手に入れにくくて、値段も高かった。黄さんはあちこち探して、やっと手に入れたのに、大玉はそれが自分を縛ったと黄さんに言った。私は大変バツが悪かった。

大玉は心を全く勉強に置かず、全ては遊びにあった。

〈顧大玉〉　あれは日本でできた習慣だ。日本の中学では、毎日宿題があまりなかった。生徒は必ず課外活動に参加しなければならなかった。絵を描いたり、スポーツをしたり、コンピューターをしたり、何をやってもいい。実際、あれは遊びではなかった。あれは知識を拡大し、興味を広く育てるためだ。機械的に本を読むこととは違う。今、中国でもゆとり教育を提唱しているのではないか。生徒は余った時間をどうすればいいの？　まさか家で寝ているというのではないでしょう。

〈顧明耀〉　親にしても教師にしても、子供を助けて、惰性に陥らないように注意すべきだ。そのために、子供に良い勉強の習慣がつくように助けてあげるべきだ。学校の勉強や、教科書の勉強を無理に高いレベルに置くべきではない。しかし、大玉に対する教育においては、私たちは学校の勉強や、教科書の勉強を重視し過ぎた。

大玉は日本で、男でも女でもない歌手、美川憲一に夢中になった。中国に帰ってからは、すぐビヨンドというバンドに憧れ、部屋の壁という壁は全てあの狂人みたいな者どもに占領された。みんな髪の毛を振り乱し、牙をむき出し、爪を振るい、人か鬼かさっぱりわからない。

私は大玉に言った。「あなたのこのビヨンドは、美川憲一よりかなり劣るね、美川はどんなに可笑しくても、まだ美しくて、歌もなかなか教養があるよ。でもこの半分気違いの狂人は何者なの？」

「美川は伝統的過ぎる、保守的過ぎる。ビヨンドのほうが個性的だ。新しい時代の感覚もあるし」と大玉が言った。

ビヨンドのメンバーの誕生日、血液型、星座、趣味など、彼女は全部正確に覚えていた。彼女のクラスメートの誕生日、血液型、星座、趣味もよく覚えていた。

ある日、私は大玉に訊いた。

「お父さんの誕生日はいつ？　星座は何？　血液型は？」

彼女は答えられなかった。

「あなたったら、父さん母さんよりもこのスターの方が好きなのね。実際、このスターたちはまったくあなたのことを知らないのに。忘れないでね、毎日あなたに三食を与え、服をあげるのは父さんと母さんよ。壁の連中は、みんな外見はきれいだけど、ファンに甘やかされた大きな子供よ。将来こういう人と結婚したら、三日も経たずに、すぐ離婚するわよ」

「三日間でも十分よ。三日後に死んでも満足よ」

私は目を丸くし、口をポカンと開けるしかなかった。

ある日、私は大玉がおじいちゃんに談判するのを見た。

大玉は「私は『ゼロのロックバンド』を作りたいから、エレキギター、ドラムなどが必要です。二万元を援助してください」とおじいちゃんに言った。

お金の計算が上手いおじいちゃんは当然あげない。

「二万元、わしが一生かかって貯めたお金を、全部おまえにあげたら、水に流されてパーになるよ」

「おじいちゃんは目先をもっと遠くに置かなきゃ、将来私のバンドが有名になったら、一曲だけでも二万元よ、いま、有名な歌手はみんなこのくらいの値段よ」

「一曲歌うだけで、二万元もらえる？　そんな甘い話があるかい？」

「うそじゃないよ」と言って、ちょうどテレビで歌っている歌手を指して、「この歌手を見て。歌だけじゃなくて、ステージに上がると、出演料だけでも八万元よ」

「確かに歌を歌うのは辛い仕事ではないね。それなら、おまえも一日十曲も二十曲も歌いなさい」

「そうでしょう。おじいちゃんにお金を返すなんてすぐのことよ」

「じゃ、多めに返してくれるかい？」

「十倍でいいでしょう？」

おじいちゃんは丸め込まれて、機嫌が直ったので、すぐ自分の金庫みたいな小箱を開け、通帳を出そうとした。私はすぐさま部屋に入り、おじいちゃんに、

「おじいちゃんは本当に大玉を信じるの？　彼女のロックバンドがどんなものかご存知なの？」

「テレビで歌を歌っている人みたいなのじゃあないのか？」

私はテレビのチャンネルを回した。ちょうどその時、外国のロックバンドの演奏があった。真っ赤な髪の毛、緑の髪の毛の歌手がギターを抱えて、ピカピカしている照明の下で辛そうに叫び、ガンガンと大きな騒音を出して、部屋中が変になった。

「見て、これがロックバンドよ」と私は言った。

おじいちゃんはびっくりして、暫く見て、「この人達はなぜヤモリがヤニを飲んだみたいに、気が狂っているんだ？　彼らはどんなものを吸ってるんだ？」と言った。

大玉はすぐ弁明して言った。「これは芸術ですよ、今一番流行している芸術です。レベルが低い人にはわからない」。

「こんなものを見ると、わしは心が休まらない。もし①評劇とか、河北の地方劇の②梆子《パンズ》のグループなら、少し支援しても構わないが、こんなロックバンドには、一円も出さない」とおじいちゃんは言った。

おじいちゃんは投資しないだけではなく、警戒心も異様に高まった。大玉の陰謀が上手くいかないように、いつも一級の戦争準備の状態で、堅い小箱をしっかり見張っていた。

ここで、おじいちゃんの宝箱の話を紹介しないといけない。

この箱は中華人民共和国が成立する前から、伝わってきたもので、大きさはちょうど抱えながら逃げられるくらいだ。その箱を見ると、すぐ地主や金持ちが開けて、土地売買契約書やお金を数える様子が目に浮かぶ。おじいちゃんはこの箱が自分の命より大切だと思っている。中には、彼の北京の家の土地売買契約書のほかに、全ての財産と通帳とおばあちゃんの金の指輪などが入っている。

普段この箱はおじいちゃんの枕元に置いてある。そこはおじいちゃんが目を開けたら、一番に目に付く場所だ。

嫁の私はずっとこの箱に近づかないようにしている。いくら家族とは言え、疑いを招くようなことはやはり避けたほうがいい。

私はおじいちゃんが大好きだ。夫の父親とは言っても、我が家のとても頑固で、とても面白い大きな子供だ。大玉の言葉で言うところの、顧家の「家宝」だ。

もともと、大玉はおじいちゃんと「同じ塹壕《ざんごう》の戦友」であったが、大玉が日本から帰ってきてから、二人の関係は大きく変化した。生かしてはおけない敵に変わった。おじいちゃんは胸一杯の反日感情を全部大玉に注いだ。

二人の「戦争」を話す前に、九十歳のおじいちゃんが改革開放政策の新しい環境で、どういう状況にあったかについてちょっと話さなければならない。

老舎先生の作品『四世同堂』という小説で、祁老人は読者に深い印象を与えた。私の同僚はみんなこの「祁老人」がまだ我が家で元気に生きていることをよく知っている。

おじいちゃんは定年退職の後、私たちと一緒に生活するようになって、我が家の管理職の中核、実力者になった。我が家の最も重要な人物である。おじいちゃんにはこれといった望みがある訳ではない。ただみんなに尊重してもらいたいのだ。それが彼の重要性と存在の大きさを示す方法なのである。おじいちゃんのこの心境を私たちはよく理解できたが、大玉はだめだった。

〈顧大玉〉　おじいちゃんに対して、いつも子供をあやすみたいに、何でも甘やかして、いいなりになったから、自己中心的で、尊大な悪い性格になったのよ。九十何歳がどうだというの？　九十何歳だって社会の一員だ。民主主義を考えてほしい。皇帝みたいになってはいけない。

おじいちゃんは年をとった。清朝、民国、共和国と三つの時代を生きてきた。清朝の宣統帝《せんとうてい》時代の辮髪《べんぱつ》の民になったことがあり、民国時代に孫文《そんぶん》大統領の旗を揚げたこともあり、共和国の「十・一」のパレードに参加したこともある……。長い歴史の中で、国家に忠誠心を持ち続けた普通の国民だった。お偉いさんにたてつくような騒ぎも起こさなかったし、法律を犯したこともなかった。欲を抑え、世と争わず、落ち着いて平安に生活した。年をとった後に、もう一つ加えた。足るを知り、常に楽しむことだ。おじいちゃんの言葉を借りると「布の服は暖かいし、料理はおいしいし、書物の味わいも長く続く」である。

年を取ると、己の独特の考えと行為を持つ。老舎の小説であの祁老人が食糧と石炭を貯めて、兵乱を防ぐのと同じく、我が家の「祁老人」の最大の趣味も物を貯めることだ。

毎年夏になると、我が家は「いろいろな悪魔が出てきて、踊る」状況になった。食糧に蛾が出て、あちこち飛びかい、人の顔や胸に飛び込んでくるので、嫌でたまらなかった。特に原稿を開いて、何か書こうという時に、二匹の小さな蛾が③梁山伯《りょうざんぱく》と③祝英台《しゅくえいたい》という恋人同士のように舞って、なかなか別れようとしない様子を見ていると、もう書く気持ちがいっぺんになくなった。そのときは、ただあの二匹の蛾の飛ぶのを、部屋中ぐるぐる追うばかりだった。終いに我慢ができなくなって、あの恋人同士の蛾をぶっ殺さないと気がすまなかった。

それで、大玉と一緒に倉庫を掃除したことがあった。古い食糧を調べると、五年前に置いた甕一杯のお米と、七年前に保存した大豆と細長い棒子面《ハンズミエン》（うどんの一種類）を発見した。食糧の袋には、年月日、種類を書いてある紙が貼ってあった。まるで個人の身上調書のように丁寧に保存されていた。

その他、ベランダにある百以上の練炭は、おじいちゃんが五十七・二元で大玉に頼んで運んで来たものだ。今は料理を作るには、天然ガスがあり、冬には暖房があり、その練炭はもう余計なものになったが、おじいちゃんは練炭に特別の愛着心があるので、相変わらず、次から次へと買って来る。それで、自分は安心できるみたいだった。

私は嫁だから、何も言えなかった。夫はこのことについて、おじいちゃんと喧嘩をしたことがあった。

「五年前のお米は黄色のトリコマイシンがたくさん含まれているので、食べたら、癌になるよ。それに、何年も置いた練炭はもう使えないよ」と夫は言った。

「誰が言ったんだい？　石炭は地下に何万、何億年も埋まっていたものだ。使用期限が過ぎたなんて聞いた事がない。それから、古い食糧を食べると、癌にかかるなんて、わしは九十歳だよ。もう癌なんて怖くない」とおじいちゃんは言った。

それを聞いて、大玉は「おじいちゃんは九十だから怖くないけど、私はまだ十九よ」と反論した。

おじいちゃんはお米と練炭以外に、石鹸も保存した。何年か前、石鹸は配給券で配られていた。おじいちゃんは裏の関係で、何箱かの「中華」マークの石鹸と当時一番人気があった「上海」ブランドの石鹸を手に入れた。そうして、大事に保存して、節約して使った。友人が来たら、お土産にあげた。しかも大声で「これは裏で買って来たんだ」と言った。言外におじいちゃんがなかなか偉いということだ。

しかし、いまはもう誰もおじいちゃんの石鹸なんかほしくない。街中にはいろいろな石鹸、洗剤があり、国産のも外国のもあり、しかも色も香りもいいし、おじいちゃんのあの古臭いブランドの石鹸より使いやすい。おじいちゃんの古い石鹸は香りがなくなって、乾いて堅いので、どんなに使っても泡が全然出なかった……。

女性はいつも新しいものの誘惑に負ける。私は「ラックス」の石鹸を買って来た。洗面所にすぐにいい香りが満ちた。家族全員が争って使い、あの乾いた堅い石鹸は誰にも相手にされなくなった。

大玉はこのいい香りの「ラックス」のために、一日に八回も九回も手を洗ったので、三日も経たずに小さくなった。おじいちゃんは機嫌が悪くなって、机を叩いて大玉に言った。「古いのを先に使いなさい」。

大玉は黙って、ベランダに行って、古い石鹸を調べた後で、大声で叫んだ。

「古い『中華』はまだ一箱半あるよ、古い『上海』も半箱以上あるよ。毎月一個で計算すると、あと八年半かかるよ」

八年半、ああ、抗日戦争と同じ年月だ。

おじいちゃんは出身が貧しくて、それで貧困の怖さがよくわかる。三つの時代を経て、たくさんのことを見聞してきたので、いろいろな経験がある。しかも、その経験はほとんど、戦争や動乱、飢饉と関係がある。今の時代とちょっと合わない気がする。

九十何年間の経験と生活習慣はすぐ変わるものではない。おじいちゃんが生きていれば、食糧や石炭、石鹸の在庫は減らない。これは絶対に変わらない。

おじいちゃんには一生で尊敬する人が二人いる。一人は鄧小平《とうしょうへい》で、一人は李葉《りよう》さんである。

「鄧小平はいろいろ苦労をした。いろいろ辛い思いもした。けれど、彼は中国をよくしてくれた」

おじいちゃん自らの経験から言わせれば、この何年間かは、中国の一番いい時期だ。おじいちゃんは何も信じないで、ただ自分の体験を信じる。こうしてみると、やはり鄧小平は偉い。

しかし、もう一人の李葉さんについては、ちょっと理解に苦しむ。あちこち尋ねて、やっと李葉さんのことがわかった。なんとテレビの『毎週一曲』の司会者の女性だ。その人はまだ二十歳そこそこだろう。

おじいちゃんは毎日『毎週一曲』を見る。歌を聴くだけではなく、李葉さんを見る。

「李葉さんは若いけど、話も上手いし、落ち着いていて、とてもきれいだ。話すのが上手いだけでなく、彼女は編集もできる」とおじいちゃんは言った。

大玉が「お母さんも編集者よ」。

「お母さんは編集者じゃない。お母さんはお母さんだよ」

家で、おじいちゃんはあまり私の仕事について訊かなかった。私が役所で働いている人間で、ご飯を作れる嫁だと考えている。

おじいちゃんの影響で、私も何回か李葉さんのテレビを見た。なかなかきれいで、眉が太くて目が大きい。楊柳青《ようりゅうせい》の年画の美人に似ている。年輩好みの美人だ。今テレビによく出ている西洋っぽい、ギャーギャー叫ぶ女性アイドル歌手とは全然違うタイプだ。それで、おじいちゃんに受け入れられたのだ。

おじいちゃんは李葉さんの番組を必ず見る。しょっちゅう大玉とチャンネル争いで喧嘩した。大玉は李葉さんが大嫌いなようだ。テレビで『毎週一曲』が始まるやいなや、彼女はわざと大声で叫ぶ。「李おばあちゃんが出てきた、出てきたよ」。

おじいちゃんは「出てきても、そんなに大声で叫ばなくていい、わしは李葉さんが好きだよ」と言った。

「おじいちゃんは李葉さんに恋をしているんだね」と大玉が言った。

「そうだよ。わしは彼女を愛しているよ、いけないかい？」

李葉さんの導きで、おじいちゃんは流行歌が好きになった。

ある日、おじいちゃんと大玉が歌合戦をしているのを見た。おじいちゃんが「あなたは船の前に座り、僕は岸辺を歩く」と歌うのを聞いて、びっくりして、声が出なくなった。人間がこんなに楽しく生きられるのは、必然王国から自由王国に入ったということだ。なんと自由自在で、なんとお洒落なのだろう。本当に私たちの負けだ。

おじいちゃんは怖いものが何もない。どんなことでもできる。誰も彼を支配できない。家にはよくお客さんが来るが、おじいちゃんは寂しさを抑えられずに、いつも出てきて、自分の親切を示すために、お客さんとあれこれおしゃべりをする。しかも、話はいつも行き当たりばったりだった。

ある日、家に西安交通大学の日本人の先生が来た。おじいちゃんが出て来て、その日本人の先生と、南京大虐殺から七三一細菌部隊まで、おじいちゃんが日本兵に殴られたことから、日本の憲兵隊に入れられたことまで、次から次へと話をした。日本人の先生はそれを聞いて、びっくりして、ひたすら頭を下げて、謝るばかりだった。

おじいちゃんがこの話をすべきであることはわかる。だけどその日本人の先生と何の関係があるの？　こんなに人を怖がらせるなんて、本当にどういうつもりなの？

また、ある日、アメリカから帰ってきた学生が夫を訪ねて来た。お菓子を持ってきて、それから、大玉にTシャツをくれた。おじいちゃんはそのお菓子をみて、「あなたはね、可笑しいと思わない？　遠いアメリカからこんな猫の糞みたいなものを持ってきて、全く。アメリカ人はこんな物を人にあげるのかい？　けれど、まあ、この豚の顔が印刷されている袖なしのシャツはまあまあ丈夫だね。多分三元ぐらいしただろう」と言った。

その学生はばつが悪そうに困っていた。私はすぐに

「このクネクネしたものは猫の糞ではなくて、チョコレートですよ。大きいTシャツはアメリカのディズニーランドのブランド品ですよ。これはミッキーマウスです。豚の

顔ではありません……」と言った。

だがおじいちゃんは納得しないようだった。最後まで「猫の糞」を食べようとしなかった。

中華人民共和国が誕生する前、おじいちゃんは山西省《さんせいしょう》で、靴屋をやっていた。自分で作ったり、売ったりしていたので、靴については詳しい。いつも「中国で一番いい靴、一番履きやすい靴は先が尖っている布の靴だ。そして、底は牛の皮で、甲はアメリカ製の礼服用の生地で、裏は上海の目が詰んだ木綿の生地が一番だよ」と自慢そうに言っていた。

大玉は「そんな靴を履く人は映画の登場人物だけよ。髪の毛を真中で分けて、シルクの長いひとえの服を着て、ズボンの裾を縛って、サングラスをかけ、腰にピストルを隠している、裏切り者よ」と言った。

夫が北京に出張した時、おじいちゃんは夫に前門④の「内聯陞《ないれんしょう》」という店で、千層底で、礼服生地の布靴を買ってきて貰った。夫が買ってきた靴を、おじいちゃんは玄人の目で繰り返し審査した。

「ああ、甲はアメリカ製ではないし、裏も上海の物ではない。靴の外側に白い糊がちゃんと塗っていないし、底の麻の縄がしっかり縛られていない」と言った。

その後、値段を見て、びっくりした。「七十八元も?」と言いながら、靴を叩いて、「こんなものを七十八元で売るなんて、『内聯陞』は本当にサギだ。昔は底が牛皮の物がたった一・六元だったよ」。

大玉は傍で口を挟んだ。「もし『内聯陞』が今日まだ一・六元で売るなら、日本軍がまた盧溝橋に来るよ」。

おじいちゃんが一番理解し難いのは、今の価格だ。

ある日、おじいちゃんがめまいがすると言ったので、家族全員で軍事大学病院へ連れて行って診てもらった。病院はCT検査をした。おじいちゃんは検査台に横になって、機械の中を行ったり来たりした。まもなく、医者がいいと言ったのに、おじいちゃんは降りようとしない。

おじいちゃんは「ダメだ。二百何十元も払ったのに、何も治療してくれない。ただ押して、中を行ったり来たりしただけじゃないか。痛くもなく、痒くもなく、何をしているのかさっぱりわからない。ちゃんと治療してくれよ」と若い軍医に言った。

若い軍医はおじいちゃんを本当にどうすることもできなかった。幸い、息子と嫁が目の前にいたので、あれこれ言ったり、なだめすかしたりして、やっと降りてくれた。医者は傍でこっそり笑っていた。

大玉は遠く離れて、傍に近づこうとしなかった。おじいちゃんの態度を恥ずかしく思ったのだ。

大玉は日本から帰ってから、自分は現代派だと自慢した。現代派の大玉と保守派のおじいちゃんの喧嘩が始まった。

九〇年代半ばになって、我が家に「爺孫戦争」が起こってしまった。この戦争は激しくなったり、また、落ち着いたりしたが、ずっと止まなかった。しまいには、おじいちゃんと孫の関係は本当に酷くなり、困った。

二人して、年上は年寄り風をふかせ、年下は年下風をふかせた。互いに譲らなかった。毎日、互いに屁理屈を並べて言い争った。

「お前の格好といったら、髪も束ねず、服装は乱れて、まるで、全身『聖闘士星矢《セイントセイヤ》』の柄のチビッ子鬼だ。袁世凱《えんせいがい》が皇帝になった時だって、こんな派手な服は着なかった」

と年寄りが言った。

「おじいちゃんは古くて長いあわせと短い上着なんか着て、映画監督の張芸謀《チャンイーモウ》にでも会いに行けば。彼は主演男優を探しているよ」と大玉が口答えした。

「お前があれもこれも食べないなんて言うなら、三日間何も食べさせないよ。そうすれば、お前は、糞でも蜜蜂みたいに思うだろう」

「みんな、おじいちゃんと同じように毎食、どんぶり二杯のうどんを食べて、お腹に炭水化物ばかりたまったなら、中国人の八十パーセントは横路敬二[5]になってしまうよ」

「歌を歌う時、痙攣するように叫ぶな。わしは見ているだけで落ち着かない」

「何もわからないくせに痙攣だなんて。もしわかったら白目をむくよ。みんなこわがるよ」

……話が合わないから、話をしなくなった。そして、「小字報」[6]を壁に貼るようになった。「爺孫戦争」はさらにエスカレートしてしまった。

私は新聞社で働き、毎日疲れはてて帰ってくるので、二人のロジックもない、意味もない即興報告など聞きたくない。彼ら自身もはっきりと説明できないのに。

ある日、家に帰って来ると、家の廊下の壁に、おじいちゃんの詩が貼ってあった。

出无言语入无声，（出かけても帰っても声なし）
呼人道姓又称名，（年輩の人も呼び捨て）
缺规少矩不肖辈，（礼儀もしつけもなってない不肖のやから）
谁是爷爷谁是孙？（誰が爺か孫かわからない）

この詩はもちろん大玉に対するものだ。大玉はかなり長い間筑波に住んでいた。その時、近所のアメリカ人、ポーランド人、ロシア人の影響を受け、家族や他人を呼ぶ時、みんなを呼び捨てにした。西洋の人は構わないが、中国ではそうはいかない。帰国後、何度も繰り返し教えたが、時々忘れることもあった。それに対して、おじいちゃんが不満なのも当然で、壁新聞を貼るのもわかる。

しかし、何日か後、また、新しい詩が貼られた。

花里胡哨馋似猫，（派手な格好の食いしん坊な猫）
正饭不吃净零叨，（三食を食べずに、菓子ばかり）

零食不断兜老满，（ポケットにおやつが絶えることなし）
修正主义坏根苗．（修正主義の悪い根っこだ）

この詩の墨が乾かない内に、また次の詩が出た。

狐朋狗友作家招，（悪友を家に招く）
不做作业净闲聊，（宿題をせずお喋りばかり）
看表你妈要下班，（時計を見て、母親が帰るとわかり）
掂起书包都跑了．（カバンを持って逃げだした）

壁新聞の詩が段々多くなり、内容もどんどん広がって、最高記録は、一日十三枚にもなった。どれも大玉を批判するものだ。おじいちゃんは暇だから、こんな詩を作るのも一種のひま潰しだ。おじいちゃんは小さいノートを持っている。紙に写す前にまずノートに書く。壁に貼るのはまるで本の出版だ。食事の時も、ノートを取り出して、大声で朗読して、口頭発表を行った。

ある日、おじいちゃんは私に「わしの詩を新聞に発表することができるだろうか」と訊いた。

「もちろん、お金を払えば。広告費を計算すると、一ページで八万元ですね」

「わしに八万元をくれるのかい？」

「違います。おじいちゃんが払うのですよ」

「あなたが新聞で文章を書くと、新聞社はあなたにお金をくれるではないか。なぜわしが書くと、わしがお金を払わなければならないのか」

おじいちゃんがこの話をしている時、大玉は一言も言わず、黙って食事をしていた。この子は幼いときから、「黄巣が英雄でないと笑う」度胸があり、おじいちゃんを相手にしたくないのだ。

おじいちゃんがずっと壁新聞の詩を書いたり、貼ったりしても、大玉は全然相手にしなかった。お客さんが家に来て読んだり、笑ったりしても構わなかった。

おじいちゃんの発表したいという欲望はさらにエスカレートしてきた。それでやり方を換えることにした。

彼は録音することにした。音の効果を利用しよう、いちいち大玉の罪を述べて、録音をして、海外にいる息子に送ろうと思った。しかし、おじいちゃんはテープレコーダーを使えない。大玉に教えてもらおうとすると、案の定大玉はちゃんと教えてあげなかった。

そして、その日から壁の詩は散文に変わった。おじいちゃんの小さくて綺麗な楷書になった。

今日は一九九五年十月十六日。大玉は学校が休みだった。わしは録音しようと思った。大玉の生活態度を録音して、彼女の父親に送ろうと思った。二十八元の大金を払って大玉を雇い録音の仕方を教えてもらったが、彼女は適当に誤魔化し、一、二度だけ教えて後はなかなか教えない。しかも大声で怒鳴る。その上「また教えてもらいたいなら、あと二十八元！」と言った。

顧大玉、お前はよく聞け。お前がどんなにひどくてもおじいちゃんは相手にしないよ。おじいちゃんは全然お前のことなんか怖くないよ。わしが死んだら、お前をあの世に呼び寄せて、お前と戦うよ。そうしたら、お前はどこへも逃げられない。

この散文を読んで、思わず笑ってしまった。爺と孫二人がまるで、目くそが鼻くそを笑うように騒ぐのも、一種の雰囲気、我が家独特の雰囲気だと思った。大玉がおじいちゃんを、病気になるほど怒らせなければそれでいいと思った。そのまま放っておいても、エネルギーの発散になり、生き生きとした生命の表現になると思った。

ある日、会社から帰ってくると、おじいちゃんが玄関で待っていた。私を見ると、「わしはイナゴだ、わしはイナゴだ」と叫んだ。

私は訳がわからなくて、急いで壁を見た。たくさんの壁の詩の両側に⑺対聯《たいれん》が貼られていた。対聯の上聯は「倚老卖老不知老之将至（年寄り風を吹かせ、自分の臨終も知らず）」。下聯は「管天管地还要管拉屎放屁（天も地も管理し、またウンコもオナラも干渉する）」、横額は「秋后蚂蚱（晩秋のイナゴ）」だった。

大玉の対聯はやはり彼女の対聯だ、形式が対になっていないだけでなく、内容もめちゃくちゃで、気分が悪かった。

私がそのまま放っておいたら、おじいちゃんは絶対に気が済まないとわかっていた。大玉を厳しく叱るとか何とかしないと、晩御飯も絶対に食べられないと感じた。私はすぐ大玉のほっぺを何回も叩いた。大玉は不満げに足を踏みならした。跳んだりして、泣きながら言った。「どうして私を叩くの、どうして？」

〈顧大玉〉　おじいちゃんがあんなにたくさんの詩を貼ったのにも、ずいぶん我慢したのよ。僅かに反撃しただけなのに、どうして叩かれなければならないの？　本当に不公平だ。

「おじいちゃんを罵る対聯を貼るから、叩かなければならないの」

「おじいちゃんがあんなにたくさん私を罵るものを貼っても、どうして、誰も彼を叩かないの？」

おじいちゃんは傍で得意気な顔に収まって、黙って何も言わなかった。

私は「おじいちゃんはおじいちゃんです。あなたがおじいちゃんを叩くなら、おじいちゃんはもうあなたのおじいちゃんではなくなる」と言った。

「王子様だって犯罪を犯したら、民と同じく罪を償わなきゃ。おじいちゃんはどういう……」

私は彼女が最後の「もの」という言葉を言うのを恐れて、すぐ彼女を引っ張って部屋に押し込んで、チョコレートで口をふさいだ。

大玉はまだ納得がいかなくて、必死に「母さんたら、外に飴を塗った爆弾で私を腐蝕させないで……。私は子供じゃないよ」と言った。

その晩、おじいちゃんは面子《メンツ》を保ったので、晩御飯の時、大変ご機嫌だった。突然カレンダーを指して、「明日は啓蟄《けいちつ》だ、イナゴはまた生き返った」と言った。

大玉は負けずに、すぐ反抗して言った。「来月から、お骨を入れる箱が値上がると聞いたよ……」。

新たな戦争がまた始まった。

〈顧明耀〉「世代のギャップ」は七〇年代から出てきた言葉だ。一九八三年版の『現代漢語辞典』にもその単語はなかった。これは子供と親、孫と祖父母の考え、意識の違いを意味する。「世代のギャップ」は我が家特有のものではなく、どの家にも存在している。

振り返って思うと、祖父と父の間にもこの問題があった。しかもかなり深刻だった。けれど、あの時代、父は息子として、ただ黙って従うしかなかった。それがその時代のごく普通のやり方だった。

私と祖父の間では、ギャップはもっと大きかった。けれど、五〇年代に入り、封建的な意識が段々薄くなると、祖父に対しても、黙って従うこともあれば、口答えをすることもあった。反抗しなかったのは、部分的に私の弱い所だが、蓄積されてきた歴史的な要素もあったのだろう。口答えをしたのは変化した時代の反映だろう。黙っていることと反抗すること以外は、ほとんど表面的には従ったが、うわべとは違うことをしたり、本質をすり替えたりした。それはもともと政策の範囲だった。家庭内の安定と秩序を保ちながら、自分の意志で行動をするために、やむをえず取らなければならない政策だ。

私と父にも世代のギャップがあった。文章に書かれた父と私の、消費観念、子供の教育についての考え、芸術鑑賞の違いなどが明らかに存在している。

しかし、世代のギャップの存在は普遍的なものである。一般的に孫と祖父母とは年代の差が大きいので、ギャップも自然とさらに深刻になる。

世代のギャップのことが理解できたら、そのギャップのことで大騒ぎする必要もないと思う。親子や孫と祖父母の関係をよくするためには、理解と尊重が欠かせないものだ。理解も尊重も互いにすることだ。親は子供の立場で子供を理解しなければならないし、子供も大人のことをわからなければならない。親は子供に命令ばかりしてはいけないし、子供も大人の気持ちを尊重しなければならない。一般的には、大人の経験は子供より多く、全体的な視点で問題を見ることができると思う。

注

①評劇　華北や東北地方で広く行われる地方劇の一種。もとは河北東部の灤（らん）県あたりに起こり、京劇などの長所を吸収した劇である。

②梆子　梆子腔の略称で、陝西省から流行した旧劇の一種。梆子（拍子木）で拍子をとりながら歌う劇である。

③梁山伯と祝英台　歌に改編され、中国人によく知られる民間の愛情物語。杭州に学問に来た男装の祝英台は、親に決められた許婚がいたが、同窓の梁山伯と恋に落ちる。実らない恋に身を焦がし息絶えた山伯の墓に英台が参ると、墓が割れ、中に吸い込まれ、墓前につがいの蝶が舞い戯れるという話である。

④前門　北京城の正陽門の通称である。また、その城門の前に続く通りの繁華街「前門大街」の略称でもある。

⑤横路敬二　高倉健主演の『君よ憤怒の河を渉れ』が中国で大変人気を呼んだ。中国語の題名を『追捕』という。映画で田中邦衛が演じる、頭がおかしくなった人物「横路敬二」はちょっと危ない人を指す隠語になった。

⑥小字報　ペンなどで書いた小形の壁新聞。

⑦対聯　対句を書いた掛け物、紙や布に書いたり、竹・木の板に刻んで、主として掛け軸として鑑賞するものを指す。家の玄関の両側によく貼られ、正月には新しい対聯を貼ることが多い。

7

少年少女

十七、十八歳の頃、私は「青春」という言葉は聞いたことがあったが、「青春期」という言葉は聞いたことがなかった。当時は「青春」という言葉の使用率が非常に高かった。口を開けば「青春を祖国に貢献する」「戦闘の青春」「戦火中の青春」と言った。みんなよく「青春」について話し合ったが、「青春期」という言葉は誰も使わなかった。

いまは「期」という字が増えたので、問題が複雑になり、理解できないことが多くなった。

科学の説明では、「青春期」は十四歳から二十歳ぐらいの少年少女を指すということだそうだ。私の「青春期」はどうだっただろうか。

中学は北京の女子第一中学に通った。その後看護学校に入った。同級生はみんな女子だった。「青春期」を通してずっと同性と一緒に過ごしたので、男女の微妙な気持ちを体験する機会がなかった。性格も単純だった。そのためか、学業に集中できて、母親をあまり心配させなかった。

〈顧大玉〉 社会心理学から言うと、青春期は自我の形成期である。親の前の「我」、友人の前の「我」、家の中の「我」、学校の「我」、当然異性の前での「我」も含まれる。青春期はこうしたたくさんの「我」を融和して、自我を形成する時期だ。この時期を経ないと、本当の大人になったとは言えない。母さんの青春期はとても単純で、学業一筋で、おばあちゃんに心配をかけなかったが、やはり一種の「我」が欠けていた。

娘の大玉の時代になると、男女「共学」ということもあり、大人でもなく子供でもなく、何でもわかったような、あるいは何もわからないような生徒にとって、恋愛感情というものが急にとても重いものになる。「永遠に君を愛する」「あなたは私の一生で最大の愛だ」「二十四時間も君を恋する」など虫酸が走るような、気持ちの悪い、「愛の誓い」を何の重みもなく平気でこの「期」の少年少女は口から吐き出す。これは「期」中の少年少女の全ての感情かもしれないが、「期」外の人間が聞くと、鳥肌が立ってくる。

そして少年少女は、誰とも永遠にはならなかった。それも、三ヶ月、いや、三週間、三日、三時間も経たずに、「バイバイ」となる。けれど、彼らの感情は本当にひどく消耗された。「初恋」の段階において、彼らは真面目すぎて、真剣すぎて、誰の話も耳に入らない。自分だけを信じる。そして、眠る。そして寝坊する。遅刻する。怒られる。

これは一種の病気だ。

私は大玉に十分警戒心を持っていた。この感情型の子は、もし恋に落ちたら、きっと自分をコントロールできない。娘のことは母親が一番よく知っているのだ。

家に、かかって来る電話は大玉のものが最も多かった。その中で、主なものは男子生徒からだった。ちょうど声が変わる時期の大きい男子生徒はまるで、変化の最中の小さな雄鶏のようだ。羽が変わって、鳴き声を習っている様子が感じられた。彼らは成熟したオスへの憧れはあっても、成熟したオスへの準備が全然なかった。全ては滑稽と言うしかない。

小さい雄鶏は電話をかけて来る時、大体礼儀を知らず、いきなり「顧大玉いますか」と言った。そういう時、私は必ず「ごめんなさい。ここは公衆電話ではないから、呼び出しのサービスはありません」と言ってやった。

相手はまだ私のからかいに気付かない。続けて訊いた。「そちらは顧大玉の家ではありませんか？」

「どちらさまですか？」とわざと訊いた。

「王です」

「王さん、今度電話をする時、もし相手の親が出たら、まず先に挨拶をして、それから、自分の名前を言うのよ。それが最低限の礼儀ですよ……」

その後、電話がかかって来た時、私が出ると、声も出さず、すぐに切ってしまったのは、百パーセント小さな雄鶏がかけてきたものだ。

小さな雄鶏たちは裏で、大玉に「お前のかあちゃんは怖い人だね」と言ったそうだ。

その後、電話が鳴ると、大玉は百メートル走のスピードで電話の所に走って行った。

そして、大玉は自分の部屋に子機をつけた。

その後、子機の電話線と親機の電話線をこっそり変えた。電話が鳴って、大玉が出たら、私の方には何も聞こえなくなった。


恋愛の話題について、私はなるべく堅くならないように、緊張しないように彼女と話した。私はこの問題で親子の関係が壊れてほしくない。そして「誰々と結婚したら、もう家の敷居はまたがせない」なんていう局面に遭いたくない。

大玉はまだ恋の初段階で、移ろいやすい「青春期」を転がっていて、まだ結婚するという段階ではないけど、この批判を嫌がるわがままなロバちゃんに対しては、強引にしてもダメなのだ。さもなければ、却って変なことをされてしまうかもしれない。

私は家では厳しく、外では緩くという政策をとった。

大玉の男子のクラスメートが家に遊びに来た。回数が多くなると、私はすぐ彼女にアドバイスをした。

「この子は、勉強はよくできて、ハンサムだけど、ちょっと背が低いね。大玉、もし彼と結婚したら、あなたたちの子供はきっと一メートル六十センチにならないよ」

「あの子の足を見てごらんなさいよ。あんなに太くて、四十、五十歳になったら、百パーセント足が短くて、腰が太くて、お腹が大きいばかな男になるよ。カエルみたいで、全然魅力がない」

大玉は笑いながら「ふん、人が家に来ても、母さんはただその人の足を見るだけなのね」と言った。

「そうよ、母さんは男の足を見るのが好きなのよ」

「へえ……そうは見えないわね。母さんはなかなか色っぽいじゃないの?」

「そう。私は正直なのよ」

私はまたわざと大玉に次のような冗談を言った。

「大玉、家の向かいの豆腐脳《ドウフナオ》[1]を売っている若者は悪くないよ。ハンサムだし、頭も良くて、性格も温厚で、何か私のことを義理の母親みたいに、買いに行く度に、いつも調味料を多めにくれて、私の好みの味もわかっているのよ」

「母さんそれどういう意味？」

「いっそあの豆腐脳の若者をお婿さんにしたらどう？　そうしたら、毎日、ただで豆腐脳を食べられるじゃない？」

「いいよ、明日、母さんはあの人にきいてみて、彼が気にいるかどうか確かめたら？」

何日か後、大玉が私に訊いた。「どう？　あの豆腐脳の人。縁談は上手くいってる？」

「ああ……あれはね、多分ダメだわ。お嫁さんが来たらしい。しかも赤ちゃんを抱いてきたよ。あそこで、レジを手伝っているよ。まあ、私たちは無理だね」

「それじゃ、隣のあのあげ揚げパン（油条《ヨウティアオ》）を売る人にも聞いてみたら……」

「その人はね、私も観察したよ、歳をちょっととりすぎてる」

おじいちゃんはまじめに訊いた。「どれぐらい？」

「六十以上でしょう」

家族みんなでこんな風に冗談半分のお喋りをした。表面上、このような軽い雰囲気は、私が大玉の結婚問題に干渉せず、友達のように見えたかもしれないが、実際、内心では私の弦は硬く張り詰めていた。

我が家の階段にはいつもチョークでいろいろな記号が書かれていた。時には大きな「YB」、時には丸で囲んだ「永」という字、時には、赤いチョークで「!」が書かれていた……。

私はいつも新しく出現した記号の前で考えた。「永」という字は一体どういう意味か。人名か副詞か？　どういう合図か、どういう問題を示しているのか？　デートに誘う合図か、愛のレベルを示す記号か……。

私はこのようにしょっちゅう変化する記号もまた大玉の「傑作」だと考えた。私たちが住んでいる単元で、チョークが手に入り、「YB」を書ける人間は、高校生の大玉しかいない。私たちの単元には、子供がもう一人いるが、まだ幼稚園だ。絶対に「YB」は書けないだろう。

昼に会社から戻った時、我が家の住居の一番上の階の階段には、まだ何も書かれていなかった。午後、会社に行く時に、階段にはすでに目立つ青で「ＬＯＶ」の字が書いてあった。もう我慢できない。すぐ大玉を呼んで来て、「これはなんなの？　一体この『ＬＯＶ』はどういう意味？」

「知らないよ」と彼女は言った。

「本当に知らない？」

「本当よ」

「本当に上手いね、演技が。いい俳優だ」

「俳優なんかじゃない。本当に知らないよ」

「もうごまかさないで。明らかに、あなたがあの『小さな雄鶏たち』に合図を出しているんじゃないの。いつか現行犯で捕まえたら、皮をひんむいてやるからね」

「私には皮なんてないわよ。ひんむかれるなんて怖くないもん」

半日かかって、私は一階から、最上階までチョークの記号を全部雑巾できれいに消した。あの新しいブルーの「ＬＯＶ」も痕跡を残さずにきれいに消した。

私は決心した。大玉が出かけたら、すぐ全部消す。「小さな雄鶏たち」が連絡の合図をもらえないように。

〈顧大玉〉　母さんは疲れないの？

あの時、私はまるですご腕の探偵みたいに、何度も大玉を尾行した。彼女の後について、そして、階段もチェックした……。

電話で、日本にいる夫にこの話をしたが、彼は溜息をついて、

「ああ……やめなさい。そんなことをするなんて精神的に正常ではないよ。このまいくと、病気だよ。あなたと大玉は二人とも『期』だよ、『更年期』と『青春期』。こんなめちゃくちゃな戦争をしても何にもならないよ」と言った。

どんなに防犯を強めても、「ＹＢ」のような記号は依然として階段に現れた。いつ書かれたのかさっぱりわからなかった。その時、私はちょうど『彼を探し、広々とした大地に影なく』という小説を書いていた。これは文化大革命中の模範劇『平原作戦』の台詞だった。その台詞の次の言葉は「彼がお前を打つのは、天から降りて来た神兵みたいに防ぎようがない」だった。私は劇中の日本兵みたいに、遊撃隊に追いまわされたように感じた。さんざんのていたらくであった。あの「ＹＢ」は本当に神兵みたいに空から

降りてきて、全く防ぐことができなかった。

私の原則は見たら消す。見たら消す……。

ある日、一人の若者が訪ねてきた。「すみませんが、階段にチョークで書いた記号は、お宅が消したのですか?」

「どちら様ですか?」と訊いた。

「私は広告を配る者ですが、何階まで配ったか、ちゃんと記号をつけないと、上の人が調べに来るんですよ。全部消されたら、何も配ってないことになってしまいます。確かに配ったのに……」

「私には階段を掃除する習慣があるのよ」

「掃除の習慣があっても、私の字を消さないでくださいよ」

「あのブルーの『LOV』という字ですか?」

「『LOV』は脳と血液をよくする栄養剤の広告なんです」

……

若者はプンプン怒って帰った。私はすぐ他の単元の階段を見に行った。なるほど、どの階段にも「YB」、「LOV」と丸の「永」があった。

暫くの間おかしくてたまらなかった。

この発見についてはもちろん大玉には言わなかった。

〈顧大玉〉　私はいつも無実の罪をきせられて……もう慣れました。

大玉の「失敗と露見」は、やはり、階段の筆跡にある。つまり、私の「疑心暗鬼」は根拠がないわけではないのだ。

大玉がロックミュージックに夢中になったのは、クラスの男子生徒の影響を受けたためだとは全く思わなかった。ビヨンドに夢中になった最大の原因は、ロックミュージックを歌う男子生徒に恋したからだ。

この男の子に私は未だに会ったことがない。最初は大玉のただの同級生だとばかり思っていた。その後、廊下のまだ乾いていない壁に、誰かがハートを彫って、そのハートに「張贛《ちょうかん》」という二字を彫った。これを見てすぐ、昔「黄巣が英雄でないと笑う」と書いたことがある大玉の仕業だと思った。書くものから彫るものに変わって、大玉も変わった。感情もかなり深くなり、骨まで刻まれて、世の中に自分の「愛」を宣言する勇気もある。

大玉に訊いたが、彼女は否定した。

仕方なく、私はまた「人権侵害」の大捜査をした。
一、二、三、四、五……何通ものラブレターを見つけた。全部あの張贛という男子生徒へのものだ。
どんなに愛しても愛し足りないという言葉を見て、私は呆然とした。高一の生徒が愛や情について話すのは、まだ早いと思う。

子供に早々と訪れたこの「愛情」に対して、どう対処すればよいのか、本当に手を焼いた。

理屈を話しても、大玉の強い性格では、聞く耳を全く持たない。却って逆効果になるかもしれない。間違いなく、彼女は自分の愛は世界で一番純真で、一番情熱的で、一番崇高だと思っているだろう。彼女はあの男子生徒と、白髪になるまで一緒にいたいと思っているだろう。二人でロックでアツアツで仲良く空を飛びたいのだろう……。

これは大玉の愛の幻想にある。もう誰の話も耳に入らない。今、彼女はずっとその道を歩いて行きたいのだ。

私は『孔雀東南飛《くじゃくとうなんひ》』[2]という作品中の焦仲卿《しょうちゅうけい》の母親と、『梁山伯と祝英台』の祝英台の父親を思い出した。互いに愛し合っている伴侶を引き裂いたおじいちゃんやおばあちゃんたちのことを思い出した。突然、こうした人たちを理解し、身近に感じた。これは親心だから、必ずしも道理がなくて、間違っているとは言えない。

ロミオとジュリエットは愛情以外には何もない。

〈顧大玉〉　愛情があれば十分だ。

生ぬるいやり方よりは根本的な解決方法を考えたほうがいいと思う。あの勉強をしないで、ロックばかりをやる男子生徒のガキは気に入らない。このような「恋愛」をしても、いい結果は実らない。これは単なる遊び、人を熱狂させ、また、人を傷つけるゲームだ。このままでは、彼らは高校時代という重要な時期にチャンスを失い、二人して学業に失敗してしまう。

私はあの男子の母親を訪ねた。彼女は知識人で、情理ともによく理解できるタイプだった。私は彼女に息子によく話すよう頼んだ。お母さんは承諾した。外交辞令で言うところの「双方が共同の認識に達した」である。

熱い熱い恋が続いている。大玉はロックバンドを作った。名前は「ゼロのロックバンド」。この名前は彼女が考えたものだと思っていたが、つい最近、テレビで本物の「ゼロのロックバンド」の演奏を見て、彼女がそれを真似たものだとわかった。

高校の学業は並大抵のものではないはずなのに、大玉はのんびりと、情熱的に生きていた。毎晩一時間ぐらい「勉強」しなければならなかった。それは勉強ではなくて、あのガキに手紙を書くことだった。一日一通、一通数千字、言い足りない話、話しきれない愛だった。その中に「ごめんなさい！」とばかり書いた一通があった。一体どんな段階になったのかよくわからない。おじいちゃんも一緒に住んでいたので、こうした情報は全部おじいちゃんが提供したものであり、そのために大玉はおじいちゃんを憎んでいた。二人の関係は益々緊迫した。

大玉にロックバンドをやめさせようと思い、次のようなことをきちんと話した。彼女が音楽をする人材ではないと思うこと。音痴の彼女に音楽をする才能があるはずがないこと。英語の試験が不合格なのにアメリカのマイケル・ジャクソンが理解できるはずがないこと。

しかし大玉は全然そうは思わなかった。

仕方がないので、私は冬休みを利用して、友人の魯日融《ろにちゆう》の家に下宿をさせた。魯日融さんは当時西安音楽学院の院長で、二胡《にこ》の専門家だった。専門家がこの身の程を知らない「ロック歌手」を教育すれば、多分私より効き目があるだろう。

大玉が音楽学院に行くことになって、あの小さな男子は案の定羨ましがった。こういう機会は誰にでもあるものではない。

魯日融さんは大玉の声を聞いたり、音感をテストしたりしてから、「ふむ、あまりよくないな。あなたはああいうロックバンドの歌手を軽く見てはいけないよ。彼らはほとんどが正式の音楽学院を卒業した人だよ。あのどう見たってとてもいい加減な崔健《ツイジエン》でも、音楽の造詣は相当高いよ……」と言った。

大玉は魯さんの家に何日間か滞在して、院長先生の音楽の鑑賞講座をいくつか受けた。家に帰ってきた時、中国の民間音楽と交響曲のテープ、それから、ギターを持って帰ってきた。全部院長先生のプレゼントだった。このことを思い出す度に、この友人に深く深く感謝せずにいられない。彼らは我が子の教育において、随分手助けしてくれた。

私は大玉に「仕事と趣味、愛情と友情をはっきりと区別しないと将来は大変なことになるよ」と言った。

あのガキの気持ちが揺らいだのだろうか。情熱が少し冷めたようだ。大玉のほうが却って力を入れた。今度は女が男を追いかける番だ。それもがむしゃらに追いかけた。大玉の目にはもう他の人間は映らなかった。張xしかいなかった。

小僧が引き下がるにつれて、大玉には段々焦りといらだちが出て、気持ちも不安定になり、なにかと大声で叫び、すぐ涙をポロポロ流した。おじいちゃんはそれを見て、我慢できなくなり、火に油を注ぐかのごとく次の詩を作った。

二八小家人，终日把心伤，（十六歳の少女は、終日悲しくて）
不能说句话，说话恶如狼，（一言も言えず、話をしようとしても狼のようだ）
孙走阳光道，爷过独木桥，（孫は太陽の光が照らす場所を歩き、おじいちゃんは一人で橋を渡る）
你去嫁张赣，我去见阎王．（張赣に嫁に行くのなら、わしは閻魔大王に会いに行く）

その時期、我が家の空気は未だかつてないほど緊張した。「青春期」を迎えている娘と怒りの火が燃えているおじいちゃんに直面していると、私は子供の頃に母がよく口にした文句を思い出した。「もう、なにしてるの！（怒）」そうそう。母は「何が娘なものか……みんな因縁の目のかたきだ」と言っていた。

心の中は寂さと悲みで一杯になった。

一九九五年の大晦日、どの家も楽しく新年を迎える時に、大玉は我が家におかしな雰囲気をもたらした。一日中何も言わず、ずっと机に向かって、小僧に手紙を書いていた。

あの小僧は休みを利用して、江西の郷里に帰った。帰ることを、大玉に言わなかった。大玉が手紙を書くのはただ気持ちを発散させるためだけで、書いても出す訳ではなかった。その後、いい加減に本棚に置いてあった。私はもちろん読んだ。その手紙には、「私の心の中は、あなただけ。子供の時から、人の家に預けられたので、父と母に対する愛情が全然ない。彼らはただお金と物しかくれなかった。あなたは一生で唯一の、一生で最大の愛……。今日は大晦日で、私は一日中、あなたのことを考えている。家族も全然相手にしなかった。この世界で、私にとって、あなたが最も重要だ……」と書いてあった。

それは冤罪だと思った。おじいちゃんと夫のことも冤罪だと感じた。大晦日という嬉しい時に、私たちが理由もなく、恋に落ちて悩んでいる人間の怒りと無情を我慢しなければならないなんて、本当に悲しかった。一体私たちに何の罪があるというのか。

大玉の人の傷付けようはあまりにも酷すぎる。親としても、また、確かに情けない。ここまで書いて、私は昨日、陝西省銅川《せんせいしょうどうせん》から、西安に帰るバスの出来事を思い出した。

私の前に座っている女の子が送りに来た母親にかんしゃくを起こした。女の子は多分西安の学校に戻るのだろう。普通の人は土曜日は家に帰る日だが、あの女の子は西安に戻るつもりのようだ。母親は大変困っているようだった。ただ娘を見るだけで、どうしたらよいのかわからないようだった。母親は「飲み物を買って来ようか」と言った。

娘は相手にしなかった。母親はちょっと考えて、やはりバスから降りて、コーラを買ってきて、娘に渡したが、娘は受けとらなかった。態度はとても乱暴で失礼だった。母親は笑いながら、娘にいろいろ話しかけたが、娘は依然として、受け取らず、全然母親を相手にしなかった。

間もなくバスが発車する時間になり、母親は急いで降りて、心配そうに娘を見ていた。座席に座っている娘は口をとがらせて、顔を引きつらせて、不愉快そうな様子だった。バスが停留場を出て行くと、母親は後ろから追いかけてきて、バスに乗り、娘の隣に座って言った。「母さんが西安まで、送ってあげるよ」。

「送ってもらいたくなんかない！　西安に行っても、泊まる所なんかないよ」と娘が大声で叫んだ。

母親は何も言わず、静かに座って、自分と娘の切符を買った。途中、親子は一言も話さなかった。母親はずっと優しい、暖かい目で娘を見守っていたが、娘には全然表情がなく、まるで見知らぬ人と一緒に旅に出るようだった……。

私はあの娘を叩こうかと思った。どんなに自分に理があっても、自分の母親に対してすべきことではない。この世で親の愛は、最も無私で、最も純真で、最も大事な愛だ。恋愛は生活の一部に過ぎない。恋愛以外に家族の愛もある。恋愛は変わることもあるが、家族の愛は永遠のものだ。

私の体験では、親が亡くなって、年を取った時、兄弟の愛は比べ物にならないほど重要になる。互いの心配と依頼、互いの思いと愛は、どんな美しい愛もとって替わることができない。若い人はなかなか理解できないかもしれないが……。

私は張小僧が退いたのが彼の母親の忠告と関係があるのかどうかわからなかった。私とあの母親の暗黙の了解かもしれない。或いは、他の原因かもしれない。或いは、何もないのかもしれない。小僧は南の学校へ転校した。これは大玉にとって空が落ちてくるほどのショックだった。

彼女は小僧に別れを言いたい。プレゼントを送ってあげたい。小僧に永遠に自分のことを覚えておいてもらいたい。しかし、大玉にはお金がない。愛情のために、彼女は危険を冒した。

大玉はおじいちゃんのお金を盗んだ。

おじいちゃんはお金を、地主が持っているような小箱に入れ、銅のカギでロックしていた。大玉の盗みの方法は次の通りである。まず箱の裏にある銅のちょうつがいをこじ開けて、箱の蓋を裏から開け、中のお金を出した。その後、またちょうつがいを元のように閉めた。

外から見ると、何も変わらなかったが、中のお金はもう無かった。

おじいちゃんがお金が無くなったことに気が付いたのは、一週間あとのことだ。おじいちゃんは私の部屋に来たが、口も手も震えて、話すことすらできなかった。

私は休んでから、ゆっくり話すように言った。

しばらくして、おじいちゃんは言った。

「わしのお金が無くなった。箱には一銭もないよ」

おじいちゃんの箱にはかなりお金があることを私は知っていた。また、そのお金がおじいちゃんの命だということも知っていた。

今回のお金の紛失は、これほど余裕があって熟練していることからみると、誰がやったか、訊かなくてもわかりきっていた。

しかし、大玉に訊いても、彼女は盗っていないと言うだけだった。

「あなたはまた認めないの？　いいよ、認めなければ、私は警察に届けるだけよ。警察が調べに来たら、あなたはもう逃げられないよ」

「誰に届けても、盗ってないものは盗ってない」

「あなたが盗ってなければ、じゃ、母さんが盗ったの？」

「さあ……、天が知ってるかも」

こんな恥知らずな行為に、言うべき言葉が見つからなかった。おじいちゃんは怒りも頂点に達して、非常に焦って、詩も作れず、纏《まと》まった話もできなくなった。

大玉はその盗んだお金で、張小僧を西安の有名なホテルの蠍《さそり》料理の宴に招待した。その食事代は私の一ヶ月分の給料と同じぐらいだった……。

しかし、小僧は来なかった。大玉は仕方なく、クラスメートを何人か呼んで、一緒に高価な蝦料理を食べた。多分ホテルの人は事情がわからず、びっくりしただろう。残りのお金で小僧にエレキのベースギターを買ってあげた。その高価なベースを小僧にあげた時には、彼もさすがにびっくりしたようだ。小僧は受け取る勇気がなかったそうだが、大玉は言った。「あなたがもし受け取ってくれないなら、私はこれを壊してしまうわ」。

小僧はその高価なものが壊されるのを恐れて、仕方なく受け取った。

一体これはどういう性格なのだろう？　私にはずっとわからなかった。もし私なら、どんなに愛していても、絶対にそういうことはしない。これは実にばかばかしいやり方だ。

大玉のやり方を見ていると、彼女は錯覚しているとしか思えなかった。彼女はお金と物質で、冷淡になった愛情を取り戻せると思い、また、自分が相手をどんなに大切に思っているかを証明できると考えた。結局、おじいちゃんの六千元は、このように使われてしまったが、小僧から「あなたを愛してる」と言う言葉は聞かれなかった。

小僧は全く振り返ることなく、行ってしまった。

大玉は死ぬほど悲しんだ。

ある小雨の朝、大玉はメモを残して、二度目の家出をした。

私は起きると、すぐ頭が無い蝿のようにあちこち探しに出かけた。隣の人や、夫の研究室の人も動員して探しまわった……。

昼過ぎ、友人が西安交通大学の南側の丘から帰って来て、「大玉が青龍寺の裏の測量用の高い鉄塔の上にいるよ。ずいぶん長い間そこにいるみたいよ」と教えてくれた。

私はすぐ青龍寺へ走って行った。隣の賈《か》医師が私に忠告した。

「こういう時は、あなたはやはり顔を出さないほうがいいかもしれない。私と日本語学科主任の趙剛《ちょうごう》先生が大玉を説得しますよ。その方がいいと思います」

そして、医者と教授は鉄塔の下に来た。塔は十何メートルかの高さがあり、鉄の棒で作られたはしごを一段一段登って行くしかない。

二人は上を仰いで、塔の頂上にいる失恋した若い娘に、大声で話しかけ、降りてくるように言った。

塔の上の人は全く無視した。

医者と教授は仕方なく、一人が東、一人が西の方で見守っていた。

しとしと降る霧雨の中、唐代の遊楽地といわれるこの高地、当時の密教の名刹《めいさつ》「青龍寺」の裏で、測量塔に登っている青年とは、なんとも見苦しい光景だ。時は一分一秒と過ぎていった。塔の上の人も下の人もみんな服がビショビショになった。医者がパンを買ってきて、教授に上に持っていくように頼んだ。教授はそのパンを腰に縛って、ちょっと登るとすぐ降りて来た。「ダメだ、足が震えて、手で上手く掴めない」。

畑で麦を刈っている農民に行ってもらうことにした。農民はちょっと鉄塔を見て、「あの女の子はどうやって登って行ったの？　俺は登れないよ」と言った。

医者が「五元あげるから、このパンを上に持って行ってあげて」と彼に言った。

「お金をくれたって行かない。俺は五元に困るほどじゃないよ」

医者と教授は互いに顔を見合わせたが、どうしたらよいかわからなかった。本当にどうしようもなかった。

「第一線」からの消息が我が家に伝わってきた。私はおじいちゃんに「私が行かなくては」と言った。

おじいちゃんは「大丈夫？」と訊いた。

「大丈夫じゃなくても大丈夫にするしかない」

「三十代の趙剛先生でも上がれないのに、危険を冒さないで」

「私が上がらなかったら、誰が上がるの。私は大玉の母親よ。六十歳でも上がるしかない」

スニーカーに履き替え、塔へ登り易い服に着替え、玄関へ出て、青龍寺へ行こうかという時、心の中は悲しくて、悲しくてたまらなかった。

こんな娘を育て、五十歳の私が鉄塔を登るはめになるなんて、運命としか言いようがない！

玄関を出る時、おじいちゃんは私にカメラを持たせて、「もし大玉が上から飛び降りたら、写真を撮りなさい。死体はいらない。父親が帰ってきたら、その写真を見せてあげて……証拠になるから……」と言った。

大玉はおじいちゃんの心も本当にひどく傷つけたのだった。

私は今でも、大玉は機会を見つけて、ちゃんとおじいちゃんに謝らなければならないと思っている。さもなければ、彼女はこれから一生この悔いを背負わなければならない。

しかし、その時大玉はおじいちゃんに一言も謝らず、頭を下げることもなかった。この頃の大玉には謝るという意識がなかった。恋人には手紙で何百回も「ごめんなさい」と言えるのに、一回でもおじいちゃんに分けてあげようとはしなかった。

悲しい！

私が鉄塔に着いた時、大玉は夫の友人鄭永超《ていえいちょう》さんの慰めを聞いて、やっと降りて来た。鄭伯父さんの顔を立てた。

大玉が降りる条件は「叩かない、叱らない、以後このことについて何も言わない。この条件が実行されたら、本当のことを親に言う。それから、盗んだ金の残りを返す」だった。

〈顧大玉〉　その時、お金のことはもうどうでもよかった。私は登って行った時、降りたくなくて、飛び降りようと考えた。塔の上から飛び降りるのはとても簡単なことだ。お尻をちょっと動かせばもう下だ。けれど、私にはやはり勇気がなかった。自殺はみんなが考えているほど簡単なことではない。生きていくよりもっと勇気が要る。

私は飛び降りる勇気が全然ないとわかったので、降りるしかなかった。

死ぬも生きるのも、こんなに難しいなら、生きるのを選ぶ方がましだ。生きていけば、なんとか希望がある。

その時から、もう自殺という考えは全く出てこなくなった。多分あれはいい免疫になったのだろう。

おじいちゃんの六千元の貯金のうち、大玉は千七百元を使ってしまった。しかもたった半日で使ってしまったのだ。

おじいちゃんは目を丸くし、口をポカンと開けて、顔色が変わるほど心を痛めた。

鉄塔から降りて来た大玉は、二日間ぐっすり寝て、誰も相手にしなかった。

〈顧大玉〉　その時のことを思い出すと、本当に辛い。高校二年までの丸々二年間、私はなかなか元気にならなかった。ずっと手紙を書き続けた。当時の私は恋はそんなにすぐきれいに忘れられるものではないと思っていた。必ず多少の思いや気持ちが残るに違いないとばかり思っていた。

しかし、いまは却ってあの辛さに感謝している。というのは、あの出来事を通して、たくさんのことを学んだからだ。恋愛をすることは、実際は経験の累積だ。たくさん恋愛をすると、経験も豊かになり、どうやって相手に対すればよいかもわかるようになる。初恋を含め、私には四人のボーイフレンドがいた。私はそれぞれに対して、結果はともかく、真剣だった。ボーイフレンドに対する要求も、最初の愛があればいいという考えから、相手の品性、学歴、家庭、それから、経済観念がどうかなどのレベルに変わってきた。

成長するに従って、人は恋の相手も変わるだろう。人間は一歩一歩成長していくものだ。最初幼稚だったのも無理はない。我々はすぐに成長するという訳ではない。いわゆる「経験」は自分で体験したもので、お母さんから聞いたものではないのだから。

悲しい！　辛い！　本当に悲し過ぎる。私はこのような行為に一体何の価値があるのかも考えた。あの小さな男子生徒に対して、なぜこんな自殺まで……。いい男は一杯いるのに、なぜ、彼でないといけないのか、なぜこんなにこだわるのか？

岡目八目だ。間違いなく、当事者が狂っている。本当に狂って病気になったかのようだ。

私は文学の基本問題——生活が芸術から生まれたものか、それとも、芸術が生活から生まれたものか——を思い出した。作家として言うならば、もちろん疑いなく、芸術が生活から生まれたものだ。明らかに、作品の基礎にある生活がなければ、いい作品も書けないはずだ。

しかし、大玉みたいな若い人に言わせると、生活は芸術から生まれたということになる。彼らはたくさんの映画やテレビドラマ、それから、なんの時代背景もない文芸作品から、「こうこうすべきだ」と学んだ。

この人たちは、口を開けば、「ダディ」「マミィ」「老《ラオ》パ」（お父さん）「老《ラオ》マ」（お母さん）、「老公《ラオゴン》」（夫）「老婆《ラオポ》」（妻）、それから「ワサー」「ヤー」などの言葉だ。純粋な中国語はみんな味気なくなってしまった。しかし、彼らはこのような言葉を使わないと、現代風ではない、モダンではないと考えている。

大玉が鉄塔に登ったことについては当然彼女なりの理由がある。あれも辛さの一種の表現に過ぎない。テレビや映画に出ている人物はたいてい失恋して、悲しくなると、すぐ高い山の頂上に、万丈の絶壁に立ち、強い風に吹かれて、両手を伸ばして、大声で叫ぶ。或いは、海辺で、波に打たれて、涙を止めどなく流す……。

大玉は山にも海にも行けず、仕方が無く、鉄塔に登るしかなかった。彼女の想像では、恋人の張小僧はこの全てを見ていることになっている。彼女の悲しさ、彼女が払った代価を見ていることになっている。彼女はあの小僧のために芝居をしていた……。

しかし実際は、あの小僧は何も見ていない。彼は多分家で音楽を聴いている。或いはお母さんが作ってくれる熱いタン麺を食べている。或いは、のんびりと別の女の子とお喋りしている。

恋に夢中になっている女の子は自分の家族の前で鉄塔に登る芝居を演じた。

私は友人の屈《くつが》雅君さんとこの話をした。彼女は婦人問題の専門家で、「若い人はみんなこの段階を経なければならないのよ、遅かれ早かれね。初恋は九十パーセントが上手くいかなくて、その辛さは骨にまで刻まれる。大切なのはそこから、その悲しさから自分が抜け出すことができるかどうかよ。その骨まで刻まれた辛さから脱出して、絶えず手探りして、絶えずやり直して、絶えず良くすれば、少しずつ成熟していく。怖いのは、初恋から抜け出ることができず、ずっとその場で足踏みをしていること、それこそ親にとっては心配よ」と言った。

屈さんは最後に「時がくれば自然と解決するから、そんなに大げさに考えることはない」とアドバイスをしてくれた。

〈顧明耀〉　広芩は自分の青春期をどういうふうに過ごしたかを言ったが、実は、あの時代は、彼女だけではなく、大勢の若者がみんな同じだった。大学では、学生の恋愛を提唱しなかった。中学ではもっと厳しく禁止された。文芸作品では、もちろん愛情を謳うこともあったが、大部分は「個人の感情（愛情も含め）は革命に服従しなければならない」と書いてあった。

私はかつて北京二十一中学校（当時は男子校であった）に通っていた。そして、そこで常勤共産主義青年団委員会の書記長をしていた。当時、私たちの学校では他の女子校の同級生との交流が行われていた。ある生徒がその交流会に夢中になりすぎて、学業に影響がでたので、青年団の中央責任者の張黎群《ちょうれいぐん》さん（『中国青年報』編集長）に相談に行った。結論は生徒たちをもっと学業に集中させもっと社会活動に参加させるように、時間をアレンジしたり、宿題などを増やして、彼らの恋愛を「邪魔すること」というものだった。

学校や社会は生徒の恋愛を、支持しなかった。そのため、当時の青年は「開化」するのが遅かった。誰かに対して愛があっても、公表しなかった。

しかし、大玉の中学時代になると、情況は完全に変わった。中学生の恋愛はもう一部の生徒のことではなくなった。大学生の恋愛はさらに普及した。中国だけではなく、世界中がそうなった。これは潮流だ。

こういった状況から見ると、子供が正しい恋愛観を育てるのを手伝うのは親にとって重要な仕事になったと言える。子供に男女の愛は人生の全てでもなく、人生の一番でもないことを教えてやらなければならない。彼らに、人生の中で最も短く、最も大切な青春期をどうやって過ごせばいいかを教えなければならない。

子供の恋愛観を樹立させるのは、社会の責任だろう。今のテレビ、映画、歌などは、愛情、恋愛をテーマにしたものは多いが、正しい恋愛観を教えるものは明らかに少ないと思う。確かに、愛は文学芸術の重要なテーマであるが、その辺のバランスを考えなければならない。

注

①豆腐脳　豆乳を煮立て、にがりを少し入れて、半固体に固めたもの、好みの調味料をかけて食べる。

②孔雀東南飛　漢の有名な民間楽府詩。中国で最も古い長編叙事詩で、南朝の徐陵が編纂した『玉台新咏』に収められた。物語は「才女劉蘭芝と官僚焦中卿は仲の良い夫婦だったが、焦の母が劉をいじめるので、焦は母親にお願いしたが聞き入れてもらえず、劉は実家に戻った。実家に戻ったことを知って、大勢の官僚、金持ちが求婚に来た。劉は焦と『互いに裏切らない』と約束していたので、全て断ったが、劉の兄が強引に大守との縁談を認めた。焦はそれを知って駆けつけた。夫婦二人は『永遠の愛』を誓い、劉が嫁ぐ日に二人は自殺した」というものである。

8

大学受験変奏曲

大学受験の何ヶ月か前、我が家はまるで戦争に直面しているかのような状態だった。普段大玉が担当している家事、例えば、お湯を沸かす、ごみを捨てる、茶碗を洗うといったことは全部私とおじいちゃんが受け持つことになった。それはもちろん大玉に、もっと時間と余裕をもって受験の準備をさせるためだった。最終段階になり、私は更に長編小説の創作を放棄して、買い物と料理に重点を置いた。色あざやかな料理、白いご飯、新鮮なえび、若い鯉は勿論、毎日違う料理、違うおかずを作って、真剣に栄養成分を計算し、細心の注意をもって受験生の大玉の世話をした。

私はもともと医学を勉強していたので、栄養学も当然学んだのだが、病院で働いていた時は実践したことがなかった。まさかこの時期になって役に立つなんて、まあいい鋼はやいばに使えるといったところだろう。

大玉が家にいる時は、家族全員が彼女をびっくりさせないよう話し声も自主的に小さくして、受験生の邪魔にならないように気を使った。

それから、大玉が興奮しないように、彼女の天敵のおじいちゃんも静かになり、宝坻《ほうてい》（河北省天津市宝坻県）の人間特有の高い声を改めて、笑顔を作り、大玉をいろいろ心配するようになったので、おじいちゃんと孫の地位が完全にひっくり返った。

おじいちゃんはこっそり私に「大学受験は昔の状元《じょうげん》[1]に受かるのと同じ事ぐらいかい？」と訊いた。

「いいえ」

「じゃ、どれくらいのレベルに相当するんだ？」

「まあ、多分昔の挙人《きょじん》[2]ぐらいです」

「ただの挙人か。挙人なんて一日の料理代もたったの何十元だったぞ。孔子の弟子顔回《がんかい》は賢人になっても、飲食は素朴で、ぜいたくはしなかった。顔回の母親が、電卓でカロリー計算する所なんて見たことがないぞ」

「時代が違うんですよ」

「そうやってすぐ甘やかす」

香港返還の時と同じように、大玉の部屋にも試験日の逆算装置をつけた。試験日の計算をして、緊迫感を強めようというものである。この装置の責任者はおじいちゃんだった。おじいちゃんは大王の前で、きちょうめんに自家製の大きいカレンダーをめくる時、必ず宝坻の人間の強い訛りのある大声で知らせた。「受験まで、あと何日だ」。

その時受験生は、まだ暗い、甘い夢の中を旅していた。

大王ののんびりしてマイペースな態度、緊張感の無さを、私は見ているだけでいらいらした。私は彼女が頭の中で何を考えているのかよくわからなかった。大人が尻に火がついたように忙しくしている時に子供が全く無頓着なのは、いいことではない。

大王にはっきりと言えないので、同僚の成徳超《せいとくちょう》さんに相談した。彼の息子も今年大学受験である。

成徳超さんは「うちの息子も同じだ」と言った。

一つ違うのは、彼は息子と契約を結んでいるのだそうだ。契約書には「成果《せいか》（彼の息子）が大学に受かったら、費用は全部成徳超が負担し、親子関係も継続する。受からなかったら、布団を持って出て行き、自分で生活する……」と書いてあり、二人ともサインをしている。契約書は息子のデスクのガラスの下に置いてある。いつも目に入るので、息子はいつもプレッシャーを感じることができるのだという。

私は成家の契約が上手くいくかどうかはわからないが、とにかく、大学受験の時、各家庭にはそれぞれいい方法があるのだなと感心した。

ある朝、大玉がカバンを持って学校に行こうとした時、「今日は何を食べる？　ワンタン？　それともあんかけそばにする？」と訊いた。

彼女はいい加減に返事をした。「全部飽きたよ。今日は、学校の食堂で食べることにする」

「そうね、たまには味が変わってもいいわね。じゃ、午後は少し休んでね。でないと、夜元気が出ないよ」

「わかった」大玉はそう答えて、行ってしまった。

あの重そうなカバンを持つ姿を見て、受験生は本当に大変だなと思った。若いのに、大変だ。しかし、もし私が彼女のカバンの中身を知っていれば、彼女のまたの家出を阻止できたはずなのに……。

昼、大玉は帰ってこなかった。どこかで勉強しているのだろう。

しかし夜になってもまだ帰ってこない。これは不自然だった。

私は彼女のクラスメートの李勇《りゆう》、李静《りせい》、李文玉《りぶんぎょく》に電話をした。しかしみんな知らないと言った。

生きている大きな人間が朝カバンを持って、出かけてそのまままいなくなってしまうなんて、まるで、一滴の水が川に落ちて、掬い上げられないのと同じだ。

私は焦った。こんな大事な時期に家出をするなんて、どういうつもりなのだろう？

これでは大学受験など全滅してしまう。十何年間の努力、血と汗が無駄になってしまう。高校に上がったのは、何のためだったのか？　大学に入るためではないのか。それなのに、彼女は逃げた。なぜ？

〈顧大玉〉　学習の目的がはっきりしていなかったから。高校に上がったのは、全てが大学受験のためではない。母さんは作家なのに、こんな簡単なことも分からないのか。こんなことを書いたりしたら、みんなに笑われるに決まってるよ。

私はおじいちゃんの部屋に行って、あの小さな箱からまた盗まれているかどうかを聞こうとしたが、おじいちゃんはその箱を抱えて、ぼーっとしていた。私は「大玉がまた何か取った？」と訊いた。刺激を避けるために、私は「取った」という言葉を使った。

「おかしい。今回は何も取ってないよ」とおじいちゃんが言った。

「取ってなければいいのよ、おじいちゃんに迷惑がかからなければ」

「彼女は取ったはずだ。取らないで外でどうやって生きていくのか」……

私は家の他の物を調べて、大玉がいつも使っている毛布や、タオルケットや、服が無くなったことに気がついた。今回の家出は計画的で、目的があるに違いない。家出の準備は一日や二日ではできないはずだ。

「私たちは怒ったり、叱ったりした訳でもない、どうしてまた家出をしたんだろう?」とおじいちゃんが不思議そうに言った。

「彼女にとって家出はもう癖になっているから、家出をしないと気が済まないのでしょうよ。アヘンを吸うのと同じで中毒になったのよ」

「そんなこと言わないで、それでも大玉はおまえの娘だよ」とおじいちゃんが言った。

私はほとんど泣きながら叫んだ。「私はそんな娘なんていらない!」

おじいちゃんはなだめるように「やはり、警察に届けよう。あの小劉《シャオリウ》にお願いしよう。劉警官が私たちの代わりに、探してくれるよ。彼は私たちよりいい方法を知っているから」と言った。

おじいちゃんが「いい方法がある」というのにはちゃんと根拠がある。

大学受験前の冬休み、大玉がまた家出をした。彼女は「自分の価値をみんなに知ってほしい」と言って、冬休みを利用して、お金を稼いでアルバイトしながら、美術を学び、学校が始まったら、帰ってくると手紙に書いて来た。彼女は私たちが許さないのを恐れて、何も言わずに家出をして、李静という友だちにその手紙を持って来させたのだった。

私は李静に大玉のいる所を訊いたが、彼女は黙ったままで何も情報を提供してくれなかった。

仕方なく、私は空を飛んだり、地面に潜ったりして、あちこち探した。当然のことながら何の消息もつかめなかった。そして、旧正月がやってきた。その日の友人たちの集まりで、みんなは私の悲しみ、憂鬱を察してくれて、どうしたのかと尋ねた。私は仕方なく、大玉のことを話した。

劉君は「大丈夫、僕が探してあげよう。必ず見つけてあげる」と言った。

私は半信半疑だった。ところが、日も暮れないうちに、劉君が大玉を捕まえて車で連れ帰ってくれた。

私は、劉君にどういう「戦術」を使って見つけたのかと訊いた。

「彼女のクラスメート全員に、一人ずつ話を聞いたんだ。わかっていることを言わないのは許さないと言ってね」

劉君は公安局の人間なので、尋問をいい加減にはしないだろう。

今でも大玉は公安局に対して、あまりいい感情を持っていない。誰かが公安局や劉君の話をすると、すぐ白い眼で見る。

ある日、私が公安局に兼職して、いろいろ鍛えてもらおうかしらと言うと、大玉はすぐ皮肉を言った。「母さんは公安局へ家出の娘を探す方法を勉強しに行くだけでしょう。時間があったら、もっとましなことをしたら」。

「私に干渉しないで」

親子の関係はいつまでたっても打ち解けることがない。

〈顧大玉〉　家出は疲れを癒すためだと思う。母さんが言う「中毒」ではない。高校の生活はつまらなくて、退屈だったから、鎖から解き放たれたい、大声で叫びたいという欲望が生まれたのだ。日本語でいえば、ストレスの解消だ。

大玉が受験前に家出をしたことを、私は公安局の劉君に相談する勇気がなかった。友だちといえば友だちなのだが、度々子供のことで迷惑をかけることはできない。他の人に、お宅の大玉はどうしていつも家出をするのかと思われるのはつらい。

しかし、いつも家出をされても困るし、家族にも心配をかけることになる。

結局、大玉は何日も帰って来なかった。普段よく喧嘩していたおじいちゃんでも、涙をボロボロ流し、食事もしなくなって、部屋中をあちこち歩き回った。血圧を測ってみるとなんと百八十もあった。子供は別として、おじいちゃんにもし何かあったら、日本にいる夫に会わせる顔がない。

あの逆算カレンダーも何日もめくられることがなくなった。

私は公安局の劉君のやり方を真似して、学校に行き、協力してもらった。それから大玉のクラスを訪ねて、同級生に聞いて回った。みんなに一生懸命説明して、お願いした。しかも「屠殺の刀を捨てれば、その場で成仏できる。はっきり言えば許す。拒否したら厳しく罰する。過去のことは一切追及しない。功労があったらほうびがある」などあまり関係のない話もした。しかし、誰も相手にしてくれなかった。

仕方がないので、夫の友人で、中学で数学を教えている祁秉英先生に相談した。祁秉英先生は中学生問題を扱った経験があるらしい。

祁秉英先生は夜の自習時間に大玉のクラスを見に行った。生徒達がみんな勉強している中で、大玉だけがいなかった。祁秉英先生はクラスで随分長い間待った。そして大玉が家出をする前に、すでに何日か学校に来なかったということをみんなから聞いた。穆《ぼう》雲静《うんせい》という女の子が一通の手紙を祁秉英先生に渡して言った。「これは顧大玉が書いたもので、すぐ親に渡さずに適当な時に渡してくれと頼まれました」。

祁秉英先生はその手紙を持って帰ってきた。開けてみるとそれは、大玉の父親宛の手紙だった。

「……私は大学を受験する気がなくなった。私は勉強には向いていなくて、どちらかと言うと漫画家向きだ。私は将来プロの漫画家になりたい。漫画家になるためには、大学の卒業証書なんて必要ない。それに美術専門学校に行かなくてもなれる。漫画を描けば一定の収入もあり、決して不可能な話ではない。

中国の漫画は日本の漫画にとても及ばない。もっと発展しなければならないし、潜在能力を引き出す余地もまだまだある。

私は自分の力で頑張るのだ。誰にも頼らない。退屈な大学受験はそのような勉強しかわからない人間にやってもらえばいい。学位もそのような人間の為に残しておいてあげよう。なぜなら私はそういうことに対して、全く興味がないからだ。母さんに安心するように言って。私は人に流されないよ。私は最後の恋人に責任を取る。自分がやったことについても責任をとる。父さんと母さんに後始末をしてもらうことはしない。

本当のことを言うと、最近学校に行かなかった訳は、絵を描きに行っていたからだ。絵を描いた後、家に帰って父さんの期待する顔を見た時は、本当に辛かった。恥ずかしかったけれど、仕方がなかった。残って、父さんと母さんのいい子になって、まじめにいい大学に受かるなんて、私にとっては大きな負担だ。私は大学で勉強することに全然期待していない。世の中に出て行けば、生きるチャンスがある。希望がある。どうか、安心してください。私は今、女の子といっしょに住んでいる。ナイトクラブやバーのような所ではアルバイトをしていない。

最初の美術作品を発表する時には電話をする。私はもう二十歳になったのだから、自分の面倒は自分で見るよ……」と書いてあった。

全く、家出を思い立った途端すぐ家出をする人間がいるだろうか。個人の自由でこんなことを適当にしていいものだろうか。私は本当に頭にきた。これは遊びじゃない！祁先生は「怒らないで。ここにもう一通追加の手紙があるよ」と言った。

私はもう一通の手紙を取り出した。割と短い、家族全員の個人評価だった。

お父さん——父さんはいつも自己中心だ。いつも自分のやり方、意志で、他人を束縛する。いつも他人と自分を比較する。父さんは優秀だから、父さんと他の人を比較することは難しい。父さんの優秀さは一朝一夕でできたのではない。そして同じくみんなにも向上心があり、自分なりに努力をしている。みんなが父さんくらいの年齢になったら、父さんより優秀になっているかもしれない。父さん、本当は誰も父さんの高圧的な態度が好きではない。みんな父さんを恐れているだけだ。そして私もそうだ。

お母さん——実際、母さんがこの家の中で一番私のことを理解してくれる。時には、私もびっくりするほどだ。人を理解するのに、こんな恐ろしいレベルにまで達することができるのか……。残念ながら、母さんはこの理解力を正しく使ってない。本当に遺憾だ。私の友人の中にだって、私を理解できる人はあまりいない。けれど、理解したら、結果は二つに分かれる。

一つは親友になる。一つは絶交する。自分をよく理解してくれる人が敵になると、本当に怖い……。今後、私は他人に理解できないように変わる。それに、母さんが私のことを理解しているとすれば、母さんの次の一手がわかる……。

おじいちゃん—お体を大切に。いつもおじいちゃんに話してきたことは全部本当のことだ。私には自分の計画、自分の夢があり、他の人がなんと言っても自分で決めた道を歩いていく。そしてこの目的を達成しないと気がすまない。これは私の性格でもあり、座右の銘でもある。来学期が始まる頃には帰ってくるから、心配しないで！！！

ああ、よくも平気で家出をしてくれたものだ。こんなに偉い理由で家出をするなんて。この子は本当に利己的だと思う。彼女が考えているのはただ自分のことだけ、全然家族のことを考えもしない。他の人のことも考えたことがない。彼女は誰にも責任を取りたくない。自分にだけ責任をとる。二十年間育ててもらった恩を忘れて、家を出てしまうのか？　考えただけでもぞっとする……。

〈顧明耀〉　子育てにおいて子供に何か見返りを要求すべきではない。恩返しを期待することはもっといけない。あなたは長い間党の教育を受けたのに、なぜそんなに考え方が古いのか？

私はすぐ大玉のクラスメートの口から、少しばかり情報を得た。大玉の今回の家出の事を彼女のクラスメートはほとんど知っていた。何人かは彼女のブレーンだ。これは前々から準備した計画で、ふっとひらめくようなものではない。

本当のことを言うと、私は大玉が夢中になっている、日本の芸術性のない漫画が百パーセント気にくわない。絵の人物はまるでコピーのように、全部同じ大きな頭、三角の顔、さらには宇宙人のような大きな目が顔の半分を占めている。口は目玉よりも小さい。説明がなくて、「ワー―」「アー―」「キャー―」などと叫ぶだけで、訳がわからない。大玉はこのように、理解に苦しむ、実際には存在しない人物が好きだ。次々と読んでは模倣して描いた。

あのような半分人間、半分妖怪のようなものは見ただけで食欲がなくなるのに、なぜ子供たちがおもしろがるのか理解できない。

私たちが子供の時にももちろん小さな連環画《れんかんが》という漫画はあった。華君武《かくんぶ》、李浜声《りびんせい》、苗地《びょうち》、丁聡《ていそう》など有名な漫画家の作品は、何百回読んでも厭きることがなくて、後味のよいものだった。

『三国志』、『楊家伝』、『紅楼夢』の連環画はセットでお年寄りから子供までの愛読書であった。これらの本は私たち青少年の友だった。これらの本と画家を思い出すたびに尊敬と親しみを感じる。しかし、今の中国において、このような本はどこへ行ってしまったのだろうか。まさか、日本の漫画に出てくるような大きな目で、三角の顔をしていて、髪を振り乱しているキャラクターに追い出されてしまったのだろうか。なんとも不思議なことだ……。

「百花斉放《ひゃっかせいほう》」と言っても他所《よそ》の花ばかりではいけない。

大玉が家出した時、私は大玉の同級生を通じて、間接的に連絡を取った。すると大玉は条件を出した。彼女曰く、家に帰るのは構わないが、専攻の変更を承諾してほしい。理工系ではなく、美術を専攻したい、とのことだった。

私は「絵が描ければいいのね。じゃあ、帰りなさい。そうすればこの条件をのみますよ」と言った。

「私の美術の勉強に便宜を図ってほしい」

「もちろん！」

「帰ったら、前よりもっと自由がほしいんだけど」

「いいわよ」

……

それは家に帰る相談とは似ても似つかないものだった。まるで、共産党と国民党の交渉のようだった。

その後、私はいろいろな美術学院を走りまわり、あちこちへ連絡をした。しかしその時すでに、どの美術学院も試験が終わっていて、受験するチャンスはもうなかった。こんな時になってまで誰があなたを待っていてくれるの？

しかし幸運なことに、西安大学のデザイン専攻の試験がまだ行われていなかった。すぐに試験はいつかと訊くと、返事は「明日の朝八時です」。

急いで、祁先生に大玉をつれて帰ってくれるようにお願いした。そうしないと、明日の試験に間に合わないし、全てのチャンスもなくなってしまう。

祁先生は炎天下、自転車に乗って、あるモデルが開いたという洋服店へ大玉を探しに行った。クラスメートが大玉はそこでバイトをしていると言ったらしい。しかし行ってみたが、見つからなかった。また、彼女の同級生の家や、担任の家にも行った。みんなも手分けして街中をあちこち探しまわった……。

猛暑に加えて、受験前日のとてつもない不安に私は押しつぶされそうだった。

大玉がみんなの取り囲んだドアから入ってきたのは、夜の十一時だった。おじいちゃんは彼女を見ると、とても興奮して、すぐ私に「そばと卵を作ってあげたらどう?」と訊いた。

「もういいよ、こんな夜遅くに食べたら、お腹を壊すから」と言った。

帰ってきた大玉は偉そうにして、私たちに見向きもしなかった。少しも恥じる様子がなく、悪びれる様子もなく、威張っていて、刀も槍も怖くないような態度だった。逆にまるで私たちが逃げた方で、彼女はずっと家に陣取っていたかのようだった。私の性格だと、彼女を叩かなくては気が済まないはずだったが、今回は受験前なので、その場の雰囲気を穏やかにするために、怒りを抑えて、心の中で「受験が終わったら、全て清算してあげるからね」と呟いた。

翌朝、大玉を西安大学の美術の試験場へ送って行った。

試験場の先生が「あなたはちゃんと申し込みましたか?」と訊いた。

「いいえ」

「美術の基礎がありますか?」

「いいえ」

「研修クラスに参加したことがありますか?」

「いいえ」

「紙を持ってきましたか?」

「いいえ」

「筆は?」

「ありません」

「それでは、あなたたちは何のために来たのですか?」

「試験を受けに来ました」

先生は不愉快そうな顔をして、「あなたたちは一体何なのですか? 礼儀も規則もわからないのですか?」

私は一生懸命説明して、一生懸命お願いした。「先に受験させてください、手続きはあとで私が全部やります」。

私が先生に何度もお願いしていた時、大玉はぼーっとして、自分は関係ないとでもいうように傍につっ立っていた。まるで私と先生が別の人の話をしているみたいに。

本当に腹が立つ！　最近の子供はどうしてみんなこうなのか。大玉は自分を何様だと思っているのだろうか、王様か!?

先生はどうやら自分にも子供がいるらしく、すぐこのような状況を理解してくれて、何も言わず、自分の宿舎から紙と筆を持ってきて、大玉を試験場に入らせた。

試験は二日間で、私は外で彼女を待った。毎日受験生を送っては待ち、そして連れて帰った。

最後の試験が終わった後、私は大玉に「何の試験だったの？」と訊いた。

「工業デザインよ」

「あなたは何をデザインしたの？」

「六つのハートだよ」

「六つのハートって？」

「燃えるハート、傷ついたハート、冷たいハートなどなどよ」

私はしばらく言葉が出てこなかった。この「冷たいハート」が工場でどうやって作られるのだろうと考えた。

私は大玉が受かる可能性はほとんどないと思ったが、本人には言えなかった。仕方なく言った。「さあ、専門の試験が終わったから、これからは一般科目の試験を全力で頑張ってね。もう勝手にどこへも行かないでね」。

「もちろん」と大玉は返事をした。

理工系から芸術科に変わるのは、簡単なことではない。その複雑な経緯について私はもう口にするのもいやだ。とにかく、心の中はむしゃくしゃしてたまらなかった。一体私は何のためにこんなことをしなければならないのか？　私が暇すぎるというのか？

大玉はもちろん私のように悩まなかった。毎日変わらず食べたり、飲んだり、寝たり、おじいちゃんと口喧嘩をしたり、おじいちゃんを怒らせたりして、逆算カレンダーも憤慨して止めた。

私は心の中の悔しさと情けなさを手紙に書いて湖北省の作家鄧《とう》一光《いっこう》に送った。鄧の返事には「大玉の勝利を喜ぶ！」と書いてあった。私はそれを読んでとても腹が立ち、彼を踏みつけにでもしなければ気がすまない程だった。

北京の『小説選刊』の馮敏《ひょうびん》にも同じことを言ったが、彼も「子供はすごい眼力があるね。私だってきっとこうするよ」と言った。

まったく、ことが自分の所に起こってないから、こんなことが言えるのだ。まったくこの人たちは言いたい放題だ。

他人の家の困難なんて本当にわからないものだ。

専門実技の試験結果が早めに発表された。六つのハートをデザインした大玉はなんと合格していた。

予想外だった。

私はこっそりと訊いた。「こんなレベルの学生でも受かるのですか？」

「はい、この子には芸術の潜在的な才能がありますので、育てる価値があります。技術は入学してから勉強できます。学校はそういうものですから。出来ない学生を教える場所です。みんなが画家のように優秀な生徒ばかりだったら、ここはもう画家協会ですよ」

それもそうだ、と思った。

引き続いて、七日、八日、九日の三日間は一般科目の試験だった。私はいい食べ物やいい飲み物を作り、それから、世話もずいぶんしてあげた。しかし、大玉が一生懸命勉強する姿はあまり見られなかった。また、試験のプレッシャーも感じていないようだった。ただ、彼女の食欲は普段より旺盛で、一食で十何串かの羊の焼き肉をぺろりと食べてしまった。

おじいちゃんはそれを見て、びっくりした。羊の焼き肉と大学受験に何か関係があるのかさっぱりわからないようだった。

大玉が西安大学の合格通知を受け取る日は、私が全ての「債務」を清算する時だ。私は大玉の悪業を一つ、二つ、三つと全部挙げて彼女に話したが、彼女は頑として認めなかった。

「私の運命は自分で決めます。父さんと母さんは私に理工系の勉強をさせ、将来は科学者とか、エンジニアになってもらいたいのでしょうけど、それは父さんと母さんの夢です。自分の夢を実現できなかったので、代わりに私にやらせたいのでしょう。もし私が父さんと母さんの夢を実現したら、自分の夢を失ってしまう。そうしたら父さんと母さんは嬉しいだろうけど私は一生つまらないまま過ごすことになるんですよ。

私の一生を父さんと母さんが替わりに生きるのですか、それとも生きるのは私ですか」と彼女は言った。

大玉の理屈にすぐには言い返せなかった。

おじいちゃんが横から口を挟んだ。「とにかく、家出をしてはいけなかった」。

「家出をしなかったら、考えは変わらなかったでしょう」

大玉の美術を勉強しようとする決心は石のように硬かった。この勇気にもなかなか感心させられるが、どうか他のみなさんは真似をしないで下さい。この方法はあまりに人を傷つけます。

これは一昨年の大学受験での出来事だが、皆さんはきっと、大玉はもう西安大学で一生懸命美術を勉強していて、自分の理想のために、必死でがんばっているとお思いだろう。

いいえ！　違う！

合格通知を受け取りながら彼女は手続きに行かなかった。彼女は「考えが変わった」と言った。

そこからは再び空前絶後の戦いであった。本当に思い出したくもない戦いだ。

いま、大玉は日本の山口大学で社会学を勉強している。専攻は『華厳経』である。
この世は益々わからなくなる。
この玉は永遠に磨けない玉かもしれない。

〈顧大玉〉　美術を勉強しようと思ったのは、漫画を描きたかったからだ。私は漫画が大好きだった。日本人は子供から大人まで、みんな漫画が好きだ。いま、中国でも十二億人の中で漫画を読む人が段々と増えている。あと数年もたてば、漫画の市場はきっと大きくなる。よい漫画は、青少年や社会にいい影響を与える。しかも漫画の中の知識はとても豊富で、天文学、地理、風土人情などあらゆるものが含まれる。このような漫画を描く為に、私は社会学を勉強する決心をした。絵を描く技術は自分で訓練することができるが、漫画が社会にいかなる影響を与え得るかについては、勉強しないとわからない。

家庭の違い、性格や成長過程の違いがあると、進む道も当然違ってくる。みんなが私と同じように「逃げる」という道を歩まない事を信じたい。逃げるのは決してよい方法ではない。どうかみなさんの家庭では、子供と親との交流をきちんとして欲しい。我が家のように、いろいろなことを経験してやっと交流の大切さがわかるなんて、あまりにも切ない。

父と母は二人とも優秀な人だ。自分の仕事に誇りを持っていて、とても善良で、ごく普通の、中国的な知識人だ。おじいちゃんもとても可愛くて、中国の伝統的な老人である。みんな家族の一員であり、社会の一員でもある。

中国を離れ、家を離れたことによって、私は深く「国」と「家」を理解し、体験することができた。

私は国と家の全てを愛している……。

〈顧明耀〉　大玉が大学受験の前に家出をした直接の原因は、自分の勉強に自信を失くしたのと、自分が希望する専攻が親の考えと違ったために、どうしても自分の意見を通したかったからのようだ。

私は今回の家出についての理由を彼女に訊いたことがある。彼女は「私は美術系の大学に行きたい。理工学も勉強したくないし、文学もやりたくない。私は漫画を描きたいけど父さんと母さんは絶対賛成してくれないとわかっていたので、家出をしたのだ」と言った。

大玉が高三に上がった時、文系か理系かを選ばなければならなかった。彼女は私に意見を聞いた。私は「理系に行った方がいいと思う。第一に、高校で習うものは全て基礎なので、もう一度しっかり全部勉強したほうがいいからだ。第二に、もし将来海外に留学することになったら、色々な科目のテストがある。だから今ちゃんと勉強しないと、将来必ず後悔することになる。第三に、あなたの高校の環境を見てみると、理系クラスの方が文系より勉強する雰囲気がいい。理系クラスに行けば、勉強する習慣を身につけることができる」とアドバイスした。

大玉は私の意見に従って、理系を選んだ。しかし、彼女の基礎は弱く、根気も足りなくて、その上恋愛のために随分時間と精神を費やしたので、段々授業についていけなくなった。

本来なら親や先生に相談して、いい解決方法を見つけるべきなのだが、彼女は家出という方法をとった。大学受験協奏曲がめちゃくちゃな曲になった。

私がなぜ大玉が美術をやるのに反対するのかと言うと、音楽、美術などの芸術系の専攻は才能と基礎が要求されるのに、大玉にはこの二つともないからである。もし彼女を美術の道に進ませたら、選択肢は段々と狭くなり、続けられない可能性が高くなる。

私の親友の李福根《りふくこん》には李蕾《りらい》という娘がいる。李蕾は名門の上海復旦《ふくたん》大学を卒業して、アメリカの大学院で勉強している。李蕾にも「たとえ一時的に大玉の言いなりになっても、将来かえって一生彼女に恨まれることになるかもしれない」と言われた。

大玉は芸術系の大学を卒業できるかもしれないし、将来何をするかはその時考えればいい。そんなやり方はあまり誉められないと思う。

実際、私の大学での長い教育経験から言うと、大学の段階では知識を増やすばかりの勉強をするより、具体的なカリキュラムを通して、物の見方、問題の分析方法や解決方法を会得するのが重要なのだ。このような学習はどんなカリキュラムでもできるが、芸術分野はそうではない。

数日前、大玉に私の考えを話した。彼女はわかったと言った。

今考えてみれば彼女が高三の時に、こうした問題を理解させていれば、家出は起こらなかったかもしれない。要するに問題なのは、親子の世代間のギャップだったのだ。

私は、大玉のすぐ家出をしてしまうやり方を理解することができない。不思議なことに、彼女は何日か前にまた家出をしたいと言った。

彼女は一人で山口大学で勉強していて、何でも自由なのにまだ家出をしたいと言うのか？

「でも私は一人だから、家出をしても父さんと母さんは全然知らないし、どうせ私を探さない。それだと面白くないなあ」と彼女は言った。

彼女の家出はかくれんぼのようなものだ。私は子供の家出の原因は多分次の三つだと思う。

一・現実逃避。普段の勉強や生活で行き詰まり、自信が足りない或いは自信がなくなった場合。

この場合は実に軟弱である。本当に勇気のある人間になるためには現実を認め、直面しなければならない。そして、もっと勇気を出して、困難を克服して、現状を変える努力をしなければならないと思う。

二・「独立」して、自分の道を歩きたい。これはまぁいい考えだと思う。親も教師もみんな自分の子供や教え子が自立し、自分の道を歩けるようになってほしいと思うだろう。しかし実際、十分に「独立」する能力を持っているのか？　自分の歩きたい道が正しいのか間違っているのかわかるのか？　その道はきちんと考えて計画したものか？　というように、いくつか質問をしたら、自分のいわゆる「独立」、「自分が歩きたい道」がとても主観的で、冒険のようなものだということがすぐわかる。その原因は、未だ自分を正確に理解しておらず、自分の計画と自分の能力を過大評価したためなのだ。

三・家の人が焦っている姿を見たい。そして、自分の目的を達成するために、交換条件を出す。小さい子供が、自分の存在を認知してもらう為に一、二回このようなやり方をすることがあるかもしれない。広苓が「水中と屋根」の中に書いたように、自分が屋根で横になっていると、家族全員が心配して探しはじめ、ずっと声を出せなかったこともこれと同様だと思う。しかし、最初から自分の目的を達成するために家出をするのは、明らかによくないことだ。これはもう脅迫の一種で、親の真心と純粋な愛、私心のない愛に対する冒涜である。

大玉が私に家出について話してくれた時は、本当に驚いた。「家出は自分一人ではとてもできない。毎回友だちの協力が必要だった。アイデアを出してくれる人もいれば、お金や食べ物など物質を提供してくれる人もいた」。

私は大玉のその友達に対して言いたいことがある。まず、大玉が真剣に困った時に助けてくれて、暖かく心配してくれたことには感謝する。しかしゆっくり考え直してほしい。大玉側の話を聞いただけですぐ、結論を下すのは軽率ではないか。大玉の家出に協力するのは最善の選択だろうか。どうして親子の相互理解のために他の方法をとらなかったのか？　まあ、当時大玉はまだ子供で、彼女の友達も勿論子供だった。私たちは彼らに高く要求することはできなかった。多分、今の彼らなら十分わかっていると思う。

注

①状元　都で行われる科挙の最終試験における「進士」の主席合格者。優秀な人物を比喩することもある。

②挙人　科挙試験の郷試（最初の試験）に合格した人。

訳者あとがき

葉広芩先生のご本が出版される度に、顧明耀先生は持って来て下さいます。感謝しながら、いつも一気に読ませていただきます。深く感動したのは「真」ということです。先生の筆は、いつもいつも真実をいきいきと描いているので、笑うことも悲しむことも禁じ得ません。ご自分が恐怖映画が好きだとか、ご主人の顧先生がねずみに弱いとか、隠さず面白く描いているのを読んで笑ってしまいました。

葉先生はこの何年間か、「魯迅文学賞」「老舎文学賞」と次々と受賞され、最近は「当代中国十大作家」に選ばれました。その理由はよくわかります。文筆の華麗なことは言うまでもなく、自分が一番よく知っている家族を題材にして、真実に基づいて、「真」の感情を入れて、怒ったり、笑ったり、悲しんだりするのです。私は読むたびに、作家の愛情に包まれるような思いになります。力があったら、どんどん日本の読者に紹介したいと切に願っています。

葉先生の中篇、長編『熊』『采桑子』『風』なども、面白く読ませていただきましたが、訳す勇気がありませんでした。

二〇〇一年、『琢玉記』の本に、「家の醜さを外へばらすことになり、恥ずかしい」と書いて、私にくださいました。分厚くない本なので、すぐ読み終わりました。すごい!!

と思いました。自分の家族の恥や喧嘩などをこのように隠さず書いた本は、今までの中国にはないと感じました。葉先生の無垢で純粋な心に改めて感動しました。我が家も子育ての問題に悩まされ、葉先生の心境をよく理解できると同時に、日本人に中国の典型的な子育ての状況を紹介してみたいという思いも沸いて来ました。すぐ、葉先生に翻訳の許可をお願いしました。葉先生はとても喜んで承諾して下さいました。

出版社を探す前に、すでに久美子と二人で少しずつ翻訳を始めていました。二人三脚で、私が最初、日本語に訳し、彼女はそれを読みやすい日本語に書き直しました。その過程で、中国語と日本語の表現の論争も我が家にしょっちゅう起こりました。時には娘たちも参戦して、とても賑やかでした。

娘たちも私たちの訳文を読んで、「おおたま（「大玉」をおおたまと読んでいます）に会いたい。大玉のお母さんは厳しすぎて、怖い。パパに似ていて、いやだ」と言いました。「それは、中国の子育てと日本との違いだよ。パパは中国式、ママは日本式だ」と笑いながら言いました。「でも、今の日本の子育てはあまりにも甘すぎるのではないか」とママは間に立ちました。「大玉は今どうしているの？」、娘の一番の関心事です。

実は、最近、所用で山口大学に行き、大玉さんに会いました。食事をしながら、彼女は流暢な日本語と中国語でいろいろ話をしました。彼女は今、山口大学文学部の修士一年で、『琢玉記』にお母さんが書いた「華厳経」の研究ではなく、日本史、特に明治時代における中国の革命組織の歴史についての研究をしています。礼儀正しくて大人しく、温厚な優しい性格で、どこかしら日本女性の雰囲気があり、『琢玉記』にある大玉とは全くの別人という印象を受けました。『琢玉記』のことに触れると、恥ずかしそうな笑顔になって、何も言いませんでした。「子供は成長するものですね」と心の中で言ったのでしょうか。本当に、「大玉は最後にやはりお母さんとお父さんの愛情を理解して、こんなに立派に成長したのではないか」と感じました。

この本を日本の方々に紹介するのも、私たち二人の子育ての悩みが原動力です。子育ても文化の交流の一つではないでしょうか。日本人と中国人の親が互いに悩んだり、話し合ったり、互いに助け合ったりすることがあればと願っております。

最後に、いろいろアドバイスを下さった石山政子様、それから、白帝社の皆様がこの本を出版してくださったことにも心から感謝申し上げます。特に小原恵子様と深瀬美寿保様に感謝の意を表したいと思います。皆様のご指導をお待ちしております。

二〇〇三年十二月

郭　春貴
郭久美子

著者紹介

葉　広芩（よう　こうきん）
一九四八年北京生まれ。作家
『梦也何曾到谢桥』で第二回魯迅文学賞
受賞

顧　大玉（こ　たいぎょく）
一九七七年北京生まれ
顧明耀、葉広芩夫妻の長女

訳者紹介

郭　春貴（かく　はるき）
一九八六年東京大学大学院博士課程
単位取得中退（中国語学専攻）
現在、広島修道大学経済科学部教授

郭　久美子（かく　くみこ）
一九七六年青山学院大学英文学科卒業
二〇〇〇年広島大学大学院教育学研究科
修士課程修了
現在広島ＹＭＣＡ日本語非常勤講師

娘とわたしの戦争

著者　葉広芩・顧大玉
訳者　郭春貴・郭久美子
発行年月日　二〇〇四年四月一日
発行者　佐藤康夫
発行所　株式会社白帝社
〒171-0014　東京都豊島区池袋二－六五－一
電話　〇三－三九八六－三二七一
印刷・製本　大倉印刷
ISBN 4-89174-608-4　Printed in Japan